原創故事×知名童話改寫
一場禁忌的暗黑童話探索之旅
當王子不再英俊瀟灑、公主不再甜美可人，
當一段關係中脫離了「性」，當國王愛上了親生
女兒，當結局不再是幸福快樂的日子——

給大人看的非主流童話

限制級
未滿十八歲者
不得觀覽

劉紅卿　著

崧燁文化

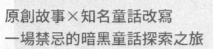

目錄

目錄

前言

盼望了許久，這部作品終於要出版了。身為寫作十八年的一個寫作人，我的內心是五味雜陳，一言難盡。

寫作正如人生，總有很多需要學習的地方。時不待我，我沒有太多可以驕傲的資本。在整理這些小說和戲劇作品的時候，我才發現這十八年裡我寫的作品還是太少了。這個發現給我警醒，也督促我在當下和今後的日子裡，要更加專注地學習和寫作，要寫出更多好的作品，以回報老師、父母和同學們的幫助，回報我此生的經歷和生活。

我願意借這些作品出版之際，把以前的作品歸零，帶著愛的初心，重新出發，重新寫作！

也深深感謝這些作品給我深深的陪伴和支持，她們早就成為我的家人，成為了我內在和靈魂很重要的一部分。深深感謝她們給我無限的滋養！

也深深感謝我的高中老師和同學們，深深感謝馬朝雲老師、馮錦珂、張冰冰、劉朋剛、田雷海、郭延輝、張海燕、賈香蝶、井麗靜和李豐傑等人給我的深深支持；深深感謝馬德普教授、王國慶老師、陳恢欽教授、苗國強、李新渠、劉寶平、賀振勇、李冰、胡四收、侯守銀、李玲玲、顏君烈、趙華、楊志敏、石義霞、尚志民、楊立華、王人可、查文白、尹雋、顧雷、石文學、羅羅、高磊、閔勝、黃顯光、李虎和李斯博等人給予我的深深支持和幫助！

深深感謝劉燁大哥幫我聯繫出版社！

深深感謝幫助過我的所有老師、同學和朋友們！

深深感謝一起演出過的演員們和演職人員們！

深深感謝我的父親和母親，深深感謝我的爺爺和奶奶，深深感謝我的外公和外婆，深深感謝我的姑姑和叔叔們，深深感謝舅舅和小姨，感謝我的姐姐和弟弟們，感謝我的所有親人和祖先們！

深深感謝戲劇、電影、小說和美好的藝術作品們！

深深地感謝偉大的藝術家們！

深深地感謝生活！

深深地感謝我經歷的一切，深深感謝那個無論遇到多大挑戰依然熱愛寫作的我自己！

讓我們一起加油，創造出更多美好的作品，創造出更美好的世界！

萵苣姑娘

從前，有一個很老的女人，她的名字叫漢娜，她沒有一個孩子，一個人孤苦伶仃的生活著。年輕的時候，她也結過婚，丈夫也很愛她，他們都渴望有個孩子，但無論他們怎麼努力，漢娜的肚皮都是癟的。丈夫因為傷心病重，至死都是遺憾滿滿。

在丈夫的墓地，漢娜暗暗發誓：無論如何，今生她一定要有個孩子！這成了她人生最大的目標。

漢娜有一大塊園地，裡面種滿了各種蔬菜，而最有名的就是萵苣了。她種的萵苣，不僅個頭大，顏色鮮，還能補身子，所以遠近聞名。每到萵苣成熟的時候，遠近的菜販都來到她的園地裡，爭先恐後的搶購萵苣。單靠園子裡的萵苣，漢娜就存了一大罐的金幣。

每個月圓之夜，漢娜都把這些金幣從罐子裡拿出來，她一邊撫摸著金幣，一邊流淚不止，她總是自言自語的說道：「要這些金幣有什麼用？我沒有一個孩子，我寧願不要這些金幣，也要一個屬於我的孩子！」

在睡夢中，漢娜也會哭著醒來，然後就是徹夜無眠，流淚到天明。

有一年，園子裡的萵苣豐收了，每一顆都像是被施了魔法一樣，又肥又大。漢娜站在園子裡，心裡高興壞了，她盤算著，要不了幾天，收萵苣的商販就會把園子門檻給踏破。

「我這一次一定賺很多很多錢，但要這麼多錢又有什麼用？我又沒有一個孩子，我一定是天下最可憐的人！」漢娜忍不住嚎啕大哭起來。只有真正喜歡又沒有孩子的人，才能理解漢娜心中的痛苦。

喜鵲們聽到漢娜的哭聲，牠們飛到漢娜的頭頂，吱吱喳喳的叫起來。漢娜撿起一塊石頭朝牠們砸去，因為她害怕喜鵲們在她頭頂拉屎。喜鵲們都飛走了。

那一夜，漢娜又是輾轉反側，在半睡半醒間，她夢見一個像天使一樣可愛的嬰兒在萵苣田裡爬動著，她還抬起頭，對著漢娜又是笑又是搖頭晃腦，漢娜高興的笑起來，她朝嬰兒跑去，可無論她跑得多快，她離嬰兒都有一段距離；很快漢娜就尖叫著醒來，她明白又是南柯一夢，她哭叫起來，眼淚把枕頭都弄溼了。

但第二天一大早，漢娜還是想去萵苣田，也許那裡真的有一個嬰兒在爬動呢。

漢娜就像一陣風一樣跑進園子裡，地裡並沒有嬰兒在爬動，比這更糟的是，田裡還少了一個大萵苣。

「是哪個不要臉的賊，偷了我辛苦種出來的萵苣？下次要讓我逮住，我非得抽了他的筋，扒了他的皮，喝了他的血，吃了他的肉！」

老太婆在田裡罵了一整天。

晚上，她又夢見一個小女孩在地裡跑來跑去，她有兩三歲，彷彿是昨晚夢中嬰兒長大的模樣。漢娜又笑著醒來，然後哭著叫喊著「孩子，孩子，我的心肝寶貝」。她哀嚎了好幾聲，突然記起田裡的萵苣，她一骨碌爬起來，披了一件衣服就跑到園子去。

萵苣田裡不但沒有嬰兒或者小女孩，還少了三顆大萵苣。老太婆氣得牙根發癢，她恨不得抓到偷萵苣的賊子，把他的手臂和大腿嚼爛吞到肚子裡去。她在萵苣田裡找了又找，希望能找到偷萵苣賊人的線索，但忙了幾個小時，還是一無所穫。她又在田地裡罵了一整天，直到嘴乾舌燥了，才想起自己還沒喝一口水。她抬起腳，想要回家。但馬上否定了這個想法。

「不行，今晚小偷一定還會再來，這一次我絕對不能再讓小偷得逞。我沒有孩子已經夠悲慘了，我絕對不能再丟失一顆萵苣！」

儘管飢腸轆轆，漢娜還是藏在萵苣地頭的草叢裡。她手裡拿著頭上的簪子，每當睏意來襲的時候，她就用簪子刺破皮膚，讓自己保持清醒。午夜，天空還下了一場雨，即使衣衫被大雨淋透，漢娜也沒有躲開，她一直趴在草叢裡一動不動。雨停了不久，皎潔的月光照著大地，田地裡傳來窸窸窣窣的聲音。漢娜一個箭步衝過去，一把把賊按倒在地，小偷的肩膀上還扛著三顆剛拔出來的萵苣，也算是人贓俱獲。不，應該是刺蝟贓俱獲。因為偷萵苣的並不是人，而是一隻刺蝟。

漢娜氣壞了，撿起一根樹枝，狠狠抽打刺蝟的腦袋。如果不是擔心那些要命的刺會刺傷喉嚨，漢娜早就一口把刺蝟吞下去。

刺蝟一邊躲避著漢娜的抽打，一邊竟然開口說話了：「可憐可憐我，饒了我吧。我是沒辦法才這樣做的。我妻子從洞裡看到了妳園子中的萵苣，想吃得要命，吃不到就會死掉的。她懷了孕，每天都嘴饞得要命。」

漢娜聽了之後，她的氣消了一半，「如果你找我請我送你萵苣，我一定會答應你們的請求，因為我愛孩子，也愛肚子有寶寶的女人或者雌獸；但現在你是一個賊。對賊千萬不能手軟，不然你們還會偷個不停，因為狗改不了吃屎，刺蝟改不了偷萵苣。」

漢娜繼續拿著樹枝抽打著刺蝟，刺蝟放下肩膀上的萵苣，抱頭鼠竄，但這根本不管用，樹枝劈頭蓋臉的落下來。眼看刺蝟先生就要被活活打死，牠忍不住高聲喊叫起來：「如果妳放了我，我會把一個可愛的孩子送給妳！」

漢娜渾身一顫，她不相信的問道：「你說什麼？你會把什麼送給我？」

「我會把一個真正的孩子送給妳，讓她陪你變老，為妳養老送終，妳生病的時候，她為你端屎端尿，妳康復了，她引逗妳發笑。」刺蝟觀察到漢娜臉上笑開了花，牠的心也放了下來。

漢娜高興壞了，「一個孩子，一個真正的孩子，哈哈哈，我漢娜也會有自己的孩子了！」

「是的，屬於妳的孩子，只屬於妳一個人的孩子！」刺蝟又把那幾顆萵苣放在肩膀上。

漢娜眼疾手快，一把扯著那幾顆萵苣，刺蝟也用小手拉著萵苣的葉子，他們用力爭奪著萵苣。漢娜朝牠喊道：「你這個說謊不眨眼睛的死刺蝟，你是個動物，你怎麼會有人的孩子？你從哪裡弄來人的孩子？你又在騙我。」漢娜拿起樹枝，又對著刺蝟抽打起來。

刺蝟一邊躲避著，一邊急忙說道：「妳放心，漢娜奶奶，我一定會給妳一個嬰兒，至於我為什麼會有人的嬰兒，這個問題妳就別問了，我發誓不告訴任何人，不然我就會被天上的五雷轟頂，死無全屍。」

刺蝟又這樣賭咒發誓了好半天，漢娜才勉強放刺蝟回家。當然，刺蝟離開前，漢娜把牠肩膀上的三顆萵苣給扯了下來，絕對不能便宜了黑心刺蝟夫婦。

萵苣姑娘

漢娜坐在園子裡，等著刺蝟送孩子過來。她興奮得想要大喊大叫，但雙眼皮就像鉛一樣沉重，她倒在草叢裡，沉沉睡去。第一縷陽光照在她身上的時候，她聽到田地裡有嬰兒的哭聲。

這也許是個夢，就像她過去做了很多年的夢一樣。天啊，她做了多少個嬰兒的夢啊，每一次她都在夢裡高興得就像吃了蜜，可是在夢裡有多高興，醒來就有多傷心。這一次，一定還是一個夢，一個破碎的傷心之夢。

嬰兒又哭了一聲。漢娜「嗖」地一聲爬起來，她朝著哭聲跑去。真的是奇蹟，在萵苣田裡，有一個嬰兒在被單裡伸著小手在哭泣，金色的陽光照在她的臉蛋上，她成了一個金光閃閃的金娃娃。

「寶貝，我的寶貝，天下最珍貴的寶貝。」漢娜叫喊著，輕輕走過去，把萵苣地裡的嬰兒抱起來，她望著小嬰兒，小嬰兒也睜著黑眼睛望著她，然後嬰兒忍不住打了一個噴嚏，嚇了漢娜一大跳。然後小嬰兒又開始哭起來。漢娜輕輕怕打嬰兒的後背，把她抱回了家。因為是在萵苣田裡發現的，所以漢娜替她起名叫萵苣姑娘。每當萵苣哭了，漢娜總會抱著她，一邊搖晃著她的身體，一邊對她唱搖籃曲：

萵苣，萵苣，天上的小星星；
萵苣，萵苣，媽媽的長明燈。
萵苣，萵苣，星星閃耀天空，
萵苣，萵苣，長明燈照耀家園。

因為害怕別人把萵苣偷走，漢娜一直把萵苣放在森林的高塔上，每天晚上，漢娜都會爬上高塔，陪伴萵苣；每天清晨，漢娜又會爬下高塔，去菜園裡澆菜施肥，辛苦賺錢，為萵苣姑娘存下嫁妝。

萵苣姑娘長到十二歲的時候，她成了全世界最漂亮的女孩。她有一頭烏黑的頭髮。因為她黑色的頭髮從沒有被剪過，所以它們長得很長。這座高塔在森林裡，既沒有樓梯也沒有門，只是在塔頂上有一個小小的窗戶。每當漢娜想進去，她就站在塔下叫道：

「萵苣，萵苣，把妳的頭髮垂下來。」

一聽到漢娜的叫聲，萵苣便鬆開她的髮辮，把頂端繞在一個窗鉤上，然後放下來二十公尺。漢娜便順著這長髮爬上去。

森林的小動物們，也學會了漢娜的語言，牠們站在高塔下，模仿漢娜的聲音叫喊著：

「萵苣，萵苣，把妳的頭髮垂下來。」

萵苣姑娘把黑色的長髮垂下，這些小動物們順著頭髮爬了上去。剛開始爬上的是一隻猴子，後來是一隻野貓，最後爬上去的是一隻烏龜，牠差不多花費一天的時間才爬上去。

在高塔裡，牠們受到了萵苣姑娘很好的款待。

「妳為什麼不到外面去生活？」小猴子一邊吃著萵苣送的紅蘋果，一邊問道。

「媽媽說外面太危險了，有吃人的惡魔，還有把人變成豬的女巫。」萵苣一邊編織毛衣一邊說道。

「可外面有陽光，有小鳥，有很多有意思的活動。」野貓邊舔著罐子裡的牛奶邊說道。

「比如？」

「學校、電影院，還有舞會，對了，還有盛大的婚禮……」

野貓還沒說完，就被猴子搶著說出來：「還有生日宴會、馬戲表演、拍電影、寫小說、獲大獎等等，這些都是人類很好玩的遊戲。」

「可惜媽媽說外面太危險了。」萵苣黯然神傷，她忍不住流下眼淚。

「要我說，」烏龜一邊咀嚼著高麗菜葉，一邊說道：「最危險的地方是這個高塔。」

猴子表示贊同，「對對，高塔讓妳失去了和大自然交流的樂趣，也讓妳失去了和人接觸的機會，妳的潛能完全被封閉了，妳就像被關在墳墓裡。」

「對對，高塔就是墳墓。」

牠們一起唱起來：

高塔是發黴的子宮，
高塔是監獄，讓妳的心沒有自由；
高塔是吞噬一切的怪獸，
高塔是墳墓，掩埋了妳的一切才華；
高塔是毀滅一切的怪獸，
高塔是死亡，剝奪一切。

聽到這些歌聲，萵苣姑娘淚流滿面。

晚上，漢娜順著黑色頭髮爬進高塔，她把做好的紅燒鯉魚放在桌上，又擺上奇異果和牛奶，萵苣姑娘連筷子都沒動一下。她為漢娜織的毛衣掛在床頭。

「媽媽，為什麼妳不讓我離開高塔？」

「萵苣，我最親愛的孩子，外面有很多男人，他們會欺騙妳的純真，把妳賣到山裡，還有惡魔會剝掉妳的人皮做成燈籠，這樣的燈籠能賣上一百萬呢！」

萵苣姑娘

「媽媽，為什麼妳不讓我離開高塔？」

「萵苣，我親愛的孩子，外面有很多凶殘的老闆，他們只會剝削妳的勞動，把妳關在黑煤窯裡工作，最後還會被打死在那裡，再也見不到媽媽。」

「媽媽，為什麼妳不讓我離開高塔？」

「萵苣，我親愛的孩子，外面有各式各樣的危險，仙人跳、傳銷、吸毒、詐騙和致命病毒，像妳這樣純潔的孩子，只會成為壞人刀下的魚肉。」

月光透過高塔的窗戶照在萵苣的臉上，她躺在床上，眼睛睜得大大的，一夜無眠。

第二天傍晚，穿著萵苣織給她的毛衣，漢娜帶著菜籃來到高塔，卻看到地上堆滿了黑色的頭髮。漢娜嚇得大驚失色，以為萵苣姑娘遇到了什麼危險。

「萵苣，萵苣，把妳的頭髮垂下來。」

漢娜喊了一遍又一遍，萵苣姑娘都沒任何的回應。漢娜急得又哭又叫，最後，她找來一個梯子和繩子，慢慢的爬上了高塔，萵苣姑娘當然沒在裡面。桌子上放著一把剪刀，勇敢的萵苣姑娘剪斷了黑色長髮，逃離了高塔，遠離了森林。

漢娜哭喊了很長時間，甚至去了警察局報案，但都沒有萵苣姑娘的任何消息，她就像一陣風，消失在漢娜的世界裡。她就像是夜晚做的夢，醒來就無蹤影。只有床頭掛著的一件件織給漢娜的毛衣，證明有過女孩曾經生活在高塔裡。對了，高塔裡的床上還有萵苣姑娘穿過的衣服和蓋過的被子，漢娜每晚都躺在高塔的床上，只有聞著萵苣姑娘留下的氣味，她才能入睡。她的年紀越來越大，她對高塔的依賴越來越重。

因為拆遷，漢娜的菜園獲得了鉅額賠償。漢娜住在高塔裡，再也不想離開高塔半步。幸虧借助現代科技手段，高塔上裝了電梯，漢娜還用起了手機，只要打個電話，快遞小哥就把她要的食物和生活用品放到電梯裡運送上來。

森林也被砍伐光了，因為那裡發現了一個金礦。高塔因為歷史悠久，成為了古蹟，因為這個原因，才沒有被政府拆毀。

每天躺在床上看電視，成了漢娜老太太最歡樂的事情。她吃著爆米花，喝著碳酸飲料，打著飽嗝，看著電視哈哈大笑。她成了三歲小孩。她忘記了很多事情，忘記了丈夫，忘記了萵苣園子，也忘記了小女孩。

有一天夜裡，一隻刺蝟來找她。

「妳要去看看我們的女兒。」

漢娜坐在床上在織毛衣，每當夜晚失眠的時候，她都會這麼做。衣櫃裡已經放了很多小女孩的毛衣。電視的聲音開得很大。

「你說的是誰啊？」漢娜連頭都不抬一下，月光是這麼皎潔，她甚至都沒有開檯燈。

「我們的萵苣，妳忘記了，多麼可愛的孩子，她有這麼長這麼長的黑髮。」刺蝟跳到漢娜的床上，對著她比劃著頭髮的長度。

「我吃過萵苣，炸過萵苣，包過萵苣餃子，做過萵苣年糕，可我不記得我有一個叫萵苣的孩子。」漢娜連腦袋都不抬一下，她打了個哈欠，開始有了睏意。

「胡說，妳惱恨她離妳而去，妳為她付出那麼多，到現在，妳的心裡還都是她的影子。可是妳寧願讓妳的心凍結，也不願去見她。」刺蝟恨不得用身上的刺扎在漢娜身上，以喚醒她麻木的心。

「她需要妳的幫助，記住，她永遠都是妳的孩子。」

刺蝟跳下床，離開了高塔。電視上鋪天蓋地在報導一個女導演即將被關進監獄裡，她因為拍電影而欠下高額債務。漢娜打了個哈欠，關上了電視。

我們的萵苣姑娘回到了租住的房子，她打開房門，最後看了一眼住了十年的房間。逃離高塔後，她做過掏糞工人、清潔員、電子廠女工、保姆、房屋仲介和銷售經理，她出版過小資女手記等書籍，讀過夜大，參加過編劇培訓，做過跑龍套演員，做過音樂劇演員，後來還做了女導演，拍了十多部的電影，卻也因為電影票房不佳而欠下銀行的鉅款。在感情上她遇到過王子，也碰到過渣男，甚至還為兩個男人割過手腕喝過安眠藥，到了四十多歲，我們的萵苣姑娘還孤身一人堅持著夢想。

她擦了擦眼淚。對於自己走過的路，犯過的錯誤，她並不後悔。她也不後悔逃離高塔，甚至也不埋怨母親把她關在高塔裡多年。這是她的命運。經歷過這麼多喜悲交織的人生，她早已學會了接受命運。

這是她的命運。她奮鬥過，悲傷過，歡笑過，哭過，成功過，也失敗過。這是她真實人生的一部分。無論給了她什麼，她照單全收。

她就要被關在監獄裡。她並不害怕。她曾經被關在另一所監獄裡多年，她早就熟知監獄生活。監獄與菜園、高塔、糞坑、電子廠、辦公室和拍片現場等毫無區別，那只是一個生活場所。

她唯一擔心的就是自己還有那麼多的電影要拍攝，那些是她痛苦和榮耀生活回饋來的珍寶，她不知道自己還有沒有機會把它們拍攝出來。

然後，我們的萵苣姑娘看到了桌上的銀行提款卡和一件粉紅色的毛衣。她走過來，打開毛衣，上面有個可愛的小女孩在高塔裡跳舞。

萵苣姑娘飽含熱淚，往事一幕幕從記憶中復活，就像電影一幀一幀的畫面在她眼前

萵苣姑娘

浮現出來。她想起很多美好的時光，那是她一生最珍貴的記憶。

處理好債務危機後，我們的萵苣姑娘穿著那件粉紅色的毛衣，來到了那座高塔前。遠處的挖礦機轟鳴震天。沒有森林的陪伴後，這座高塔更加孤單，多年失修和雨水的沖刷，讓這座高塔搖搖欲墜。風一陣陣的吹過，高塔晃晃悠悠，吱吱扭扭的叫喊著。

萵苣姑娘在高塔下喊道：

「漢娜，漢娜，把妳的頭髮垂下來。」

話音剛落，一條白色的髮辮，就從高塔裡放下來。白髮如雪。白髮又是這樣長，就像天上的銀河。萵苣姑娘便順著長髮爬上去。

房間裡掛滿了各種顏色的毛衣。電視已經關上了。漢娜躺在床上，喘得上氣不接下氣，然後她看到萵苣姑娘慢慢的走過來，她穿著粉紅色的毛衣，彷彿還是十二歲的模樣。

「公主，我的萵苣姑娘……」

漢娜說不出話來，因為一大口鮮血從她嘴裡噴出來。

萵苣姑娘抱著老女人，在她懷裡，老女人慢慢的平靜下來。

萵苣姑娘唱起那首搖籃曲：

蒿苣，蒿苣，天上的小星星；
蒿苣，蒿苣，媽媽的長明燈。
蒿苣，蒿苣，星星閃耀天空，
蒿苣，蒿苣，長明燈照耀家園。

千皮獸

很久很久以前，有一個美麗的女人，她有著烏黑的長髮，秋水一樣的大眼睛，她就像月亮一樣美麗，可她因為生病就要死了。她的丈夫非常痛苦，拉著她的女兒圍在她的床前，他們悲傷的聽她的臨終遺言：

「親愛的丈夫，謝謝你給予我的所有，我過得很幸福，沒有遺憾。謝謝你的愛。」她的丈夫忍不住哭了起來。美麗的女人又轉過臉對女兒說道，「親愛的孩子，無論妳的人生發生什麼樣的事情，妳都要勇敢的去面對。我的愛永遠和妳同在，我會在另外的世界幫助妳克服困難，實現願望。」

說完這些話，美麗的女人把一個箱子送給了女兒，然後她就閉上了眼睛，去往另一個世界。

葬禮非常的隆重，因為她是王后，整個國家的臣民們都來送葬。整整幾個月，整個王國都沉浸在悲傷中，就連國王都無心上朝。大臣們找到國王，希望他能娶一個新的王后。

「是的，人們就是這樣忘記悲傷的。」國王點了點頭，繼續說道，「我可以娶新的王后，但她必須要和我的妻子——對，對，我已經去世的妻子——一樣美麗，否則我會終生不再娶親。」

千皮獸

王國所有美麗的女人都被選來，就連鄰國的公主們也被送來供國王挑選。

「不行，這個女人是豬嗎？她太胖了；那個太矮了，你們是讓我從矬猴子裡挑王后嗎？這個女人是大象吧，因為她的鼻子和大象的一樣長；那個女人的屁股像大猩猩，這個女人就像一頭母牛，這個女人瘦得像條蛇……」

國王把所能想起的一千種動物來形容這些女人，然後他掀翻盛放食物的桌子，豬肺、牛舌、鴨脖、羊蹄、雞胗、鵝肝、魚子、蟹腿和鴿子蛋等滾了一地。

「天啊，你們是在羞辱我嗎？這樣的女人竟然想來做王后，她們出門前，為什麼不照照鏡子！我用動物來比喻她們，這實在是對動物的羞辱。」

國王大發雷霆，所有的女人都被國王羞辱一頓，然後被趕走了。沒有人敢再替國王說媒了。就這樣，國王寂寞的過了一個冬天，然後是一個夏天，然後是一個秋天，然後又是一個春天。有一天，國王在花園裡遇見一個女人，她有著美麗的黑色長髮，眼睛就像秋水，她就像月亮一樣美麗。看了很久，他才認出來那正是他長大的女兒。

「我必須要和我的女兒結婚！」

國王做了這樣的決定。所有的大臣都強烈的反對。但國王是一個說一不二的人，他殺死了三個反對最激烈的大臣，所有人都不敢再發聲。國王的決議被議會通過了。

女兒知道父親一意孤行，她根本無法改變他的心意，她所能想起的只能是拖延時間。「在我答應你的要求之前，你必須要替我做好三件衣服，一件像太陽那樣金光閃耀、一件像月亮那樣銀光四溢、一件像星星那樣明亮閃爍。」

全國的能工巧匠都被招來做這三件衣服。很快，三件衣服就做好了，被送到公主的閨房，每一件都能滿足公主的要求，她再也沒有拖延的藉口了。

「我們明天就舉行婚禮。」

國王向公主下了死命令。

國王走後，公主趴在母親的畫像前痛哭流涕，哀嘆自己不幸的命運。她哭了很久很久，眼淚都流成了河，就連石頭人都會被打動，畫像中的母親對女兒開口說了話：

「妳為什麼不打開箱子看一下？」

這句話提醒了公主，她想起母親臨死前送自己的箱子。她鑽到床下面，把箱子拉出來，上面布滿了灰塵。公主來不及拍打上面的灰塵，她就打開了箱子，裡面有一個灰不溜丟的東西，公主把它從箱子裡拿出來，這是一件千獸衣，由上千種不同動物的皮毛縫製而成，公主披上千獸衣，就變成了一隻野獸。

一輪明月掛在天空，皎潔的月光照著大地。千皮獸把三件衣服和幾件金器裝進箱子，她背著箱子走出房間。所有的宮女和士兵都嚇壞了，因為她看起來是那麼的嚇人：她長著狼的獠牙，獅子的身軀，熊的手掌，老虎的尾巴，她的眼睛冒著紅光，她凶殘的模樣，讓人看了就嚇得腿軟心慌。

千皮獸跳上王宮的牆頭，國王聞聲跑來，向千皮獸射出箭，千皮獸靈敏的躲了過去。更多的士兵圍了過來，他們拔箭朝千皮獸射來。她用牙齒咬住這些箭，然後一甩腦袋，這些箭都射了回去，在士兵們的慘叫聲中，千皮獸跳下城牆，飛一般跑出城市。

千皮獸跑了一整天，她來到了一個大森林裡，她累極了，便爬進一個樹洞睡著了。太陽出來了，千皮獸公主還沒醒；中午了，她仍然熟睡著。野豬替她送來了野兔，猴子替她送來了芒果，大象替她送來了香蕉，大猩猩替她送來了甘蔗，母牛替她送來嫩草，蛇替她送來了雞蛋……

我們的千皮獸公主成了千獸之王，森林裡所有的動物都供養她，她和動物們嬉戲，和植物們親暱，和天上的星星對話，和地底的精靈們玩耍，就這樣無憂無慮的過了三年。只有到月圓之夜，我們的千皮獸才會褪去獸皮，重新變成美麗的公主，在月光下漫步，在露水和蟲鳴中翩翩起舞。

這座森林屬於另外一個王國。

有一個獵人，在森林裡迷了路，他走了一天一夜，在皎潔的月光下，他看到一個美麗的女人在跳舞。他深深的著迷，試想，又有那個男人不會被她著迷呢？獵人幾次想衝出去和她共舞，但害怕她是個嗜血的惡魔，用美色引誘人上鉤，然後取人性命，所以他克制了衝動。天色微明，東方的雄雞叫了三遍，跳舞的美人嘆了口氣，撿起地上的千皮獸衣，然後變成千皮獸跳到樹上睡覺去了。

獵人也趕緊離開了密林。借助神明的保護，獵人順利的走出了森林，回到了城市，他把自己的見聞告訴了國王。這個國王很年輕，他還沒有結婚。聽完獵人的描述，國王不僅怦然心動，他一直夢想娶到一個絕色的女人。當天，國王就帶著獵人和隨從，進入了森林，他們躲在密林深處，苦苦等了一夜，除了看見那隻有著一千隻動物皮膚的怪獸外，他們什麼都沒看到。

第二天，國王十分生氣，他覺得獵人在說謊，要砍掉他的腦袋。獵人勸國王要耐心。「像她這樣的美人，一定要耐心才能等到。心急吃不了熱豆腐，火燒火燎只會壞了大事。」

國王無奈，只好聽從獵人的話，他在森林裡苦苦等了二十八個夜晚，每一夜，躲在密林中的他們，除了千皮獸外，根本看不到任何一個女人。國王氣得七竅生煙，多個夜晚辛苦的等待和熬夜，消磨掉他的熱情和信心。他再一次要砍掉獵人的腦袋。

「國王，請再給我一個夜晚的時間。如果您還是看不到絕色美人，那你就砍掉我的腦袋當夜壺用，我絕無怨言。」

獵人說得這麼誠懇，國王決定再信任他一次。「如果今晚我還看不到你說的美麗女人，我就割掉你的腦袋餵千皮獸吃。」

獵人除了點頭，別無他言。是他勸國王來捉美人，誰讓他多嘴多舌呢？但獵人也不傻，他已經選好了退路，如果今晚還無法實現國王的願望，獵人會趁著國王發火前，悄悄逃走。

夜晚，森林的上空飄起了雪花。國王、隨從和獵人躲在密林中瑟瑟發抖，他們穿的衣服單薄，根本無法抵禦嚴寒。國王又冷又氣，他已經等待三十天，連美人的影子都沒看到，他緊緊盯著獵人，因為他知道該死的騙子肯定會想辦法逃走。所以他緊緊抓著獵人的手腕，讓他任何時候都無法逃脫。周圍的士兵們傳來低聲的驚叫聲，獵人的眼睛也睜得很大。

國王也忍不住回頭，在飄舞的雪花中，圓月照耀大地，一個美麗的女人穿著銀色的裙子，在月光下翩翩起舞，就連狩獵女神黛安娜也自嘆弗如。多日的等待終於有了結果，國王忍不住慢慢走出密林，他輕輕走到跳舞的女人面前，她一直在熱舞以至於沒有發現國王。國王緊緊盯著美人的眼睛，她驚慌失措的停下舞步，國王的眼睛讓她心跳如小鹿，她彎腰想要抓起地上的千獸衣，卻撲了個空。原來，千獸衣早就被狡猾的獵人給拿走了。

國王抓住了美麗的女人，她被送到了王宮。

「妳叫什麼名字？」國王問她。

「千皮獸。」美麗的女人答道。

「妳必須嫁給我，否則我會殺死妳的。因為我不會讓任何其他一個男人占有妳。」

儘管千皮獸千乞萬求，但國王的意志無法改變。在新婚之夜，千皮獸請求國王把她的千皮獸衣還給自己。

「不，那件骯髒的衣服我真該燒掉了。妳穿上那件該死的衣服，妳就只能變成野獸，再也變不成美麗的王后了。不，妳不能變成骯髒的野獸，妳只能屬於我，只能屬於我！」

國王吼叫著，當著千皮獸的面，把那件千皮獸衣扔到了火爐中。千皮獸哭喊著，想要衝過去，被獵人和士兵們緊緊抓住。千皮獸又哭又喊又叫，但又有什麼用呢？除了目睹千皮獸衣被大火吞噬燒毀，她毫無反抗之力。

一股燒焦的皮臭味從火爐中冒出來。千皮獸感覺自己的心也在死去。

國王瘋狂的占有了千皮獸。沒有辦法，千皮獸只好屈從命運的安排，和國王完婚了。一年後，王后產下嬌美的小公主。在哺乳期，國王愛上了鄰國的公主。因為那個國家的國王沒有兒子，所以，國王只要和該國的公主結了婚，他就能繼承鄰國的土地，成為兩個國家的統治者。雖然千皮獸依舊是個美人，但對於已經得到她的國王來說，她的價值肯定高不過鄰國的土地。

她就像吃剩下的橘子皮，除了被扔掉，已經毫無用處。

國王讓獵人帶著千皮獸到了森林，獵人拿出雪白的匕首，要挖掉千皮獸的心臟。千皮獸苦苦哀求，獵人並沒有心動。

「千皮獸，今天不是妳死就是我亡。如果妳不死，國王就沒有辦法和鄰國的公主結婚，如果國王沒有辦法和鄰國的公主結婚，他就無法擁有鄰國的土地，他就沒有辦法做兩個國家的國王。請妳多理解理解他，也多理解理解我。」

「那為什麼你們不多理解理解我？」千皮獸喊叫起來，「當初你們覬覦我的美色，摧毀千皮獸衣，現在玩弄夠了，就把我像蒼蠅一樣殺死。你們的心是這麼毒辣，就不怕遭天譴五雷轟？」

「哈哈，天地不仁，以萬物為芻狗。」獵人舉著鋒利的匕首，繼續凶狠的說道，「妳要怨就怨妳的命運吧。」

「在我臨死前，難道你不想品嘗點什麼嗎？」千皮獸笑了一下，滿臉生輝。

獵人愣了一下，然後他放下匕首，撕扯千皮獸的衣服。千皮獸倒在地上，趁他不注意，取出頭髮上的簪子，刺在獵人的脖子上。很快，獵人就倒地死去。

千皮獸站起來，拍了拍手上的灰塵，冷笑一聲，她朝著森林走去。

往日屈辱的生活一幕幕的浮現，攪得千皮獸日夜不眠，她請求森林裡的每一種動物都給她一塊皮膚。因為她的遭遇實在悲慘，動物們都無私的捐獻了一小塊皮膚給她。千皮獸把動物們的名字都記在樹皮上，總共是有一千零一隻動物捐獻了皮膚。用了這些贈品，千皮獸日夜不眠不休，花費了七天七夜，終於做好了一件千皮獸衣，因為是她親手做成，花費了全部心血，所以等千皮獸衣做好的那一天，千皮獸覺得衣服特別好看，比她的那件像太陽金光閃耀的衣服還耀眼，比她那件像月亮那樣銀光四溢的衣服還溫暖，比那件像星星那樣明亮閃爍的衣服還亮晶晶。

千皮獸禁不住流出了眼淚，空蕩蕩的心馬上變得充實。她馬上披上了千皮獸衣，再一次，她變成了那隻勇猛無懼的千皮獸。她忍不住對月嚎叫，對天狂叫。整個森林一陣陣的顫抖，而動物們都跪倒在地。

那一天，正是國王和新王后大喜的日子。那隻千皮獸闖進王宮，咬死了國王和新王后，在眾人的顫慄中，千皮獸帶著搖籃中的小公主，逃到森林，再也沒有出來過。人們說，從此之後，千皮獸和小公主在森林裡開始了幸福的生活。

黑熊公主

從前，有一個美麗的公主，她特別喜歡寫小說。每天天剛亮，她就爬起來，拿著筆，在本子上塗呀寫呀，一直忙到晚上。她每天都廢寢忘食的寫作，房間裡堆滿了她用完的筆記本。宮女們都非常喜歡看她寫的故事，更有好事者，把這些作品抄寫出來，流傳到了宮外，成為市民們的暢銷讀物。

每天晚上躺在床上，公主全身都累得腰痠腿疼，可她卻感到無比的充實和幸福。

「我一整天都在做最喜歡的事情。感謝天地讓我文思泉湧。我這一天沒有白過。」說完這話，我們可愛的公主閉上眼睛，潛入夢鄉，繼續尋找可以寫作的素材。

國王和王后憂心忡忡，因為公主和他們完全不一樣，她總是躲在房間裡寫呀寫，他們害怕公主有一天會瘋掉。關於公主的謠言已經滿天飛了，有人說她得了怪病，一見陽光就全身皮膚潰爛；還有人說她走路一瘸一拐，所以才總是躲在房間裡怕見人。

有一天，國王走進女兒的書房，公主正在桌前龍蛇飛舞的寫作。國王的眉頭緊皺。

「親愛的女兒，今晚有個盛大的宴會，全世界的王子都會出席……」

「不，爸爸，我沒有時間。」

「女兒，妳已經很長時間沒有活動身體了，為什麼不去上一上舞蹈課？」

「不，爸爸，我沒有時間。」

「女兒，妳已經很長時間沒有欣賞花草了，為什麼不去上一上插花課？」「不，爸爸，我沒有時間。」

國王氣壞了，他從沒想到公主會這麼固執。他大喊一聲：「無恥！妳雖然貴為公主，但妳每天只喜歡舞文弄墨，妳要知道，這些都是下九流的文人才會做的事情！瞧，妳已經深深著魔，不再是公主了。我請求神靈把妳變成一頭熊！」

他的話剛說完，公主就變成了一頭黑色的熊。黑熊嚎叫著，憤怒的把稿紙撕碎吃掉，然後氣喘吁吁的盯著國王看。國王也盯著她看，嚇得一動不敢動。士兵們聽到熊的叫聲跑進屋來，但他們都嚇壞了，誰也不敢衝上前去。

黑熊仰起臉，又怒吼一聲，然後衝出了房間，那些士兵們都慌忙躲開。宮女們和王后看到黑熊，都嚇得雙腿發軟。黑熊看了一眼王后（她的親生母親），然後就逃離了王宮，沒有人敢阻攔她離開。

黑熊在森林裡生活了一年，熟悉了動物生活，她深深的懷念寫作。她做好紙和筆，又沾著植物汁液調成的墨水，又開始了日夜不停的寫作。因為她了解森林的一草一木，又能聽懂動物的語言（這些動植物們爭先恐後的講述自己和森林的故事），她又學會觀察大地、星星和夜空（她了解了很多天體和宇宙的祕密），這些都成了她寫作的內容。

黑熊蓋了個屋子，她在裡面寫作和睡覺。很快，房間裡堆滿了筆記本，上面記滿了她寫的各種小說和故事。

因禍得福，因為變成了黑熊，公主的寫作能力反而有了更大的提升。在寫作方面，她已成仙，法力無邊。

有一天，鄰國有個王子帶著隨從來森林裡打獵。王子看見一隻美麗的梅花鹿，他搭箭射向梅花鹿，梅花鹿背部中箭，卻帶著箭逃到森林深處。王子不甘心到手的獵物逃走，他騎著馬緊緊追趕。梅花鹿躲在草叢中不見了蹤跡。王子在森林裡迷了路，不知道該到那裡去。他在森林裡四處遊蕩，然後他看到湖邊有一間簡陋的房子，他把馬拴在樹上，然後推開了房門，裡面除了一張桌子和灶臺外，就是一堆厚厚的筆記本。受好奇心的驅使，王子忍不住打開一本筆記本，只看了一眼，他的眼睛就再也無法挪開，本子上的小說具有魔力，王子除了迫不及待的把它翻看完畢，就再也做不了任何其他事了；可是他剛看完第一本，就又不可控制的拿起下一本看了起來。

不知過了多久，王子的肚子咕嚕咕嚕直叫喚，他這才感覺飢腸轆轆，他抬起頭，看見一頭黑熊站在自己面前。王子嚇壞了，雙腿發軟，再也挪不開腳步。

「請你……不、不要吃我，我……我是一個……一個王子……」

王子舌頭打結，只能吞吞吐吐的說這些話。黑熊站在他面前，並沒有張開嘴巴撕咬王子，也沒有用熊掌把他推倒在地。王子趁機從屋子裡逃出來。

天很快黑了，王子在森林裡走著。借助皎潔的月光，他看見樹枝上盤著黑色的蟒蛇，牠的腰有水桶那樣粗，牠正吞下一隻活山羊；他還看見像畚箕那樣大的毒蜘蛛，趴在白色的蜘蛛網上，正吸食一隻田鼠的腦漿；他還看見巨大的黑猩猩揮舞著拳頭，把兩公尺高的同伴打倒在地……

王子嚇壞了，夜晚的森林比黑熊還要恐怖，他又忍不住回到了黑熊所在的小屋。他悄無聲息的推開房門，桌子上點著一支蠟燭，黑熊趴在桌上寫呀寫呀，根本沒有抬頭。王子進了屋，又拿起筆記本，借助微弱的蠟燭光，接著剛才的段落，又如飢似渴的讀起來。不知道過了多久，因為好笑的情節，王子哈哈大笑起來，黑熊坐在桌前，轉頭看著他。王子嚇得要收回笑聲，但笑是無法壓抑的，他越想壓抑，笑的聲音就越大，最後，實在沒有辦法，王子捂著肚子，笑得幾乎岔了氣。

「您這副尊榮，可真不像是王子。」

黑熊開口說道。這是她在王子面前說的第一句話。

「天啊，你還能說話？」王子十分吃驚。

「這有什麼？您應該看到，我還能寫小說呢！」黑熊不屑一顧的說完，又轉過腦袋，埋頭寫起來。

「等等，筆記上的小說都是您寫的？」王子不相信的問道。

黑熊拒絕回答這種帶有侮辱性的問題。

王子自顧自的繼續說道：「真不敢相信，這麼好看的故事竟然是您寫的？當然，我並沒有看不起您的意思，但您能寫出這樣的作品，真是了不起的作家，是我認識的最偉大的作家！等等，您的聲音聽起來很甜美，您不會還是個少女吧？」

王子扔掉筆記本，跑到黑熊面前，又害怕的停下腳步，他對黑熊還有著很大的恐懼和敬畏。「說說，您是不是公主變成的？我看過不少故事書，有很多的公主都被變成了動物，有的變成了天鵝，有的變成了母豬，還有的變成了……」

「噓——」黑熊做了個止語的動作，王子絮絮叨叨的說了那麼多，都吵得她寫不下去了。

「是的，我能看出來，您一定是公主變成的。那您要不要接吻？」王子興奮起來，並不是因為他想占黑熊的便宜，而是他想親眼看見一頭黑熊變成美少女。在所有的故事書中，只要能和王子接吻，變成動物的公主們就能恢復女兒身。

黑熊回頭狠狠的瞪著他。他聒噪個不停，真該用針線把他的嘴巴縫起來。

「我……我並不是想占您的便宜，但和熊接吻，也只能是熊占我的便宜，畢竟我是王子嘛，顏值也不低……當然我本意是幫您恢復女兒身，真的，如果我有其他想法，天打五雷轟！」

「謝謝您了！」黑熊不高興的合上筆記本。因為第一縷陽光已經照在屋子裡。「對我來說，是少女還是黑熊，都沒有任何的區別。我甚至感謝我有黑熊的外表。」

「為什麼啊？」王子忍不住打了個哈欠，一夜無眠，讓他睏意綿綿。

黑熊朝著王子吼叫起來，露出雪白鋒利的牙齒。王子嚇得步步後退，睡意全無。

「因為所有人都會打擾公主寫作，但沒有人敢打擾一頭黑熊寫作！」

「您……您說得對。」王子勉強表示同意。

「但如果我個女人，尤其還是公主的話，就有很多男人跑來獻殷勤。天啊，男人都是滿嘴的謊言，得不到一件東西時，就把她視為天仙珍寶；一旦得到滿足，就棄之如垃圾。」

黑熊搖搖頭，轉身到爐邊，點起火，開始做起了早餐。

「雖然我不是您說的那種男人，但我要承認，大部分男人和您說的挺像。我還是用妳的稱呼吧，這樣會感覺我們已經成了朋友。對了，妳怎麼會對男人這麼了解呢？」王子由衷的讚嘆著。

「那當然了，雖然我是黑熊，但我對人性十分了解，當然，我也很了解神性和獸性。」說完這句話，黑熊一邊哼著歌曲，一邊扭動腰肢，一邊做著早餐。

就像她的故事，她的歌聲和舞蹈一樣充滿魔力。王子盯著黑熊的後背看了好久。誰能想得到，這樣一頭肥胖看起來又蠢又笨的黑熊，竟然有著銀鈴一般的嗓音！

竟然能跳出如此曼妙的舞蹈！

竟然能煮出如此美味的佳餚！

沒過多久，餐桌上擺滿了豐盛的早餐，有木瓜牛奶、黑螞蟻煎蛋、麻油虎頭蜂和鹿草三杯鼠等，還有很多根本叫不出名字的菜餚。即使沒有肚子餓，王子也會狼吞虎嚥的吃完。在王宮裡，他從沒有吃過這麼美味的食物。他的胃火辣辣的，心卻是滿足的。喝完最後一滴牛奶，王子還打了一個飽嗝，完全沒有了王宮的餐廳禮儀。

王子剛吃完，就閉著眼睛想要睡覺。但黑熊卻把他拽到了洗碗槽，於是，我們的王子第一次整理了餐具，第一次刷了碗筷，第一次彎腰感謝黑熊給他豐盛的食物和殷勤的招待。

王子閉著眼睛沉沉睡著之前，他問黑熊要去哪裡。

「我要去森林裡漫步，欣賞美景，放空大腦，尋找寫作靈感。」黑熊走到門口回答。

「難道妳就不睏嗎？妳昨晚可是寫了一晚上的小說呀。」這是王子睡前最後一句話，他甚至沒有聽到公主的回答，就沉入了夢鄉。

「睏了我就在樹洞裡睡上一覺。你不知道毛髮貼著樹的皮膚睡覺有多美。」

王子響起了輕微的鼾聲。黑熊嘆了一口氣，走出了房門。

王子在森林小屋裡待了一週。按照黑熊的吩咐，白天王子在森林裡尋找回王宮的路，晚上他就在家做飯整理家務，黑熊甚至教會了他洗衣服。對於他這個四體不勤五穀不分的王子來說，可真夠有挑戰的，因為從小到大，他從來就是衣來伸手飯來張口，但在黑熊的威逼（張牙舞爪）和利誘（做完家務可以看黑熊寫的小說）下，王子成功的學會了這些生活技能。因為他對自己要求很高，他在做家務方面也是精益求精，力求完美。很快，王子就成了生活技能大師：他打掃房間，就連屋頂和窗戶也擦得明亮，他做的飯菜色香味俱全，他洗的衣服乾淨得就像是新衣。甚至王子還替自己做了小床。這樣，簡陋的小屋就更像是一個家了。

當然，他也耍了個花招，因為他早就找到了回王宮的那條路，但他隱瞞了這個消息，他就是賴著不想走。因為在森林小屋裡，他學會了很多技能，還看到很多精彩的宇宙和人生故事，在這裡，他是個人，而不是王子；而當他回到王宮後，人們只是把他當成了王子，從沒有人把他當成人，時間久了，他也忘記自己還是個人。他就像是穿著王子外衣的玩偶，雖然有無盡的舞會和熱鬧的宴席，但只有在夜深人靜的時候，他才知道自己的心有多空虛。

事實上，我們的王子甚至羨慕黑熊。因為她從來就知道自己要什麼，為了實現自己的夢想，她完全不顧及自己的形象，她只是做自己喜歡的事情。為了寫作，她甚至放任自己肥壯的身體，也不會討好任何一個男人或者動物。她自在，享受，充滿歡樂，就像是八月的圓月，在黑熊周圍，總是洋溢著豐收、自由和無拘無束的歡樂。這讓她總是看起來神采奕奕，精神煥發，氣度不凡。她就像是森林女王，又像是夢想導師。

幾天後，大概是一個滿月的夜晚，黑熊照舊趴在桌前寫作，王子躺在床上讀著黑熊寫的小說。他們都默默不語，皎潔的月光照在黑熊的全身，她彷彿吸食了天地日月的精華，文思泉湧，筆耕不輟。這是一個愛情故事，也是她寫過最美的小說。

等太陽第一縷陽光照在她臉上的時候，黑熊扔下筆，趴在桌上哭泣。小說悲劇性的結尾讓她心碎。她哭了好一陣子，然後她回頭看見躺在床上睡著的王子。她忍不住走過去，仔細的端詳他英俊的面孔。她湊了過去，想要親吻他的嘴唇，但一陣烏鴉的叫聲讓她心慌意亂，她只是親了親王子的額頭。王子睜開了眼睛，原來烏鴉的叫聲也把他吵醒了。王子看了看黑熊，在清晨的陽光下，她竟然如此清純動人。他抬起頭，想要親吻這頭美麗的熊。

黑熊羞紅了臉，她連跑帶跳的逃離小屋。她來到湖水邊，輕輕的褪去熊皮，黑熊一下子變成美麗的少女，她一步步的走進湖水中。在清澈的湖水中，少女唱起一首美麗的歌曲：

天上的雲兒飄呀飄，
地上的羊兒跳呀跳，
我的心上人呀，
森林裡有我的家園，
可我的心都在你身上。

順著歌聲，王子也來到了湖邊。他撿起地上的熊皮，抱在懷裡。公主看到了王子，請求他把熊皮還給自己。

「妳必須嫁給我。」王子望著湖水中美麗的公主，他的心都融化了。

「不，你不能這樣威脅我。愛情和婚姻都應該建立在自由意志的基礎上。我不能強迫你娶我，你也不能強迫我嫁給你。而且，即使嫁給你，我也要以黑熊的面目嫁給你。」

公主一字一句的回答道。

「為什麼妳不把最美的一面展示給人看？」王子一臉疑惑的問道。

「因為世人都只能看到外表的美麗，而無法看到內心的美麗。人們被表面的美迷惑了上千年，是時候說再見了。你看了那麼多的故事，應該能領會到：真正的美源於內心。」

「我覺得妳說得有道理，可我還是希望妳以美麗少女的面孔嫁給我。但如果妳必須要以黑熊的面目嫁給我，我也可以接受。」王子說完話，下到水裡，游到公主面前，把熊皮披到她身上。

公主又變成了黑熊，她盯著眼前的王子：「我拿不定主意是不是要嫁給你，我也拿不定主意是不是要以黑熊的面目嫁給你。因為在世俗看來，這是一個很大的笑話，在你的父母看來，這是一個很大的恥辱；而對你來說，這又是一個很大的災難。我看不出我們的結合有什麼好處。」

黑熊說完這些話，一滴眼淚流了下來，但她馬上轉過身去，朝岸上跑去。

逃避最危險的物種，一直就是所有人和動物的本能反應。

但王子跑到她面前，攔住了黑熊的道路。「無論是國民的反應，還是我父母的難堪，以及我和妳之間可能出現的災難，甚至是我們未來的孩子，都可以成為妳寫作的素材。這樣的故事一定足夠精彩。如果我們沒有結婚，妳一定寫不出這樣的故事。」

黑熊的眼睛亮了，王子太聰明了，知道該如何抓住她的心，但她還是說出下面的話：「生活和故事是完全不同的，我們沒必要為了一部作品，毀掉了所有人的生活。」

王子的心疼了起來。「在故事的結尾，都是『他們從此後開始了幸福的生活，直到永遠』！我們也能創造出這種幸福生活！」

但黑熊推開了王子，繼續往前走去。她甩了甩頭，甩掉腦袋上的水珠，也甩掉所有虛妄的幻想，然後她對著太陽打了一個噴嚏，彷彿要噴走所有的楣運。

「妳害怕寫不出這部婚姻小說，妳害怕幸福，妳就是個膽小鬼，縮頭烏龜，妳一輩子都把自己縮在寫作的殼裡，妳是一頭逃避幸福的黑熊。我應該一輩子都叫妳逃跑的黑熊！」王子喊叫起來，他忍不住流下了熱淚，因為他聽到了心破碎的聲音。

黑熊知道王子用激將法想把她激怒，但她不為所動。因為太清楚可能會面臨的困境，所以她不會放任自己跳入陷阱，落入火坑。況且，這對王子也不公平。他只該娶一個美麗的女人，而不是一頭黑色的熊。

他們是不同的物種，更重要的是，從內在心性上來說，他們並不相同。王子雖然喜歡看故事和小說，但他更喜歡世俗的生活；而對黑熊來說，寫作是唯一吸引她的生活。為了躲避世俗生活，她甚至背叛了父母，她寧願是一頭熊，永遠都是一頭熊！

他們的差別就像天與地，太陽和月亮，星星和大海一樣。可又有誰規定，只有相似的物種才能結婚？又有誰規定，只有相似的性格才能結婚？因為對於大部分愛情來說，不相似的物種和性格反而更有吸引力，異性總是相互吸引！

悲傷絕望的王子離開了森林，回到了城市。他後來和一個異國的公主結了婚。他的婚姻說不上幸福，也說不上不幸福，就像人們所說的那樣，平平淡淡才是真。黑熊公主寫的小說被出版了。因為王子離開森林的時候，帶走了她的很多筆記本。人們驚嘆於她的才華和熱情，電視臺和報社記者採訪了王子。他是一個好人，並沒有冒名頂替剽竊黑熊的作品，反而把黑熊的故事完整的講了一遍。世人感嘆這個淒美故事背後的深意，忍不住掬一把心酸的淚水。狗仔隊和記者們把森林搜個徹底，都沒見到林中小屋和那頭黑熊。很多人都覺得王子騙了他們，認為這是商業宣傳的伎倆：為了增加圖書的銷售量，王子才編出這麼一個童話故事來。大家都覺得受了騙，很多人再也不看這些書了，還有人把以前買的這些書扔到了火爐，只有很少的一部分人還珍藏著這些精美的圖書。

世上再無黑熊公主，只留下關於她的傳說。

有一天，王子對兒子們說，「我老了，請你們替我準備外出的行李。」兒子們違背了他的意願，把他送到國內最好的養老院。在一個滿月之夜，年老體衰的王子使出了吃奶的勁，才爬上了高高的圍牆。他站在上面，看著遠處的城市和王宮，感覺一切是如此的飄渺虛幻，往事如煙，又像是一場夢。他長吁了一口氣，艱難的爬下圍牆。

借助皎潔的月光，王子走到了森林。地上鋪了一頁又一頁的紙，王子踏在紙上，彷彿讀了一個很長很長的故事，在最後一頁紙上，王子讀到了故事的結尾。這是一個悲喜交集的故事，充滿了無盡的歡樂，又有無窮的悲傷，就像王子的人生故事，又像每一個人的人生故事。王子忍不住淚眼娑婆。就在此時，他看到了林中小屋和屋前熟悉的身影。

王子步履蹣跚的迎了過去，撲進那頭熊的懷抱。她也老了，以前烏黑發亮的毛髮也變成一片銀白。

「我親愛的黑熊……」王子忍不住哭起來。

「咳，你現在該叫我白熊了。我像你一樣老了。」白熊扶著王子走向小屋。

屋子裡的擺設和過去一樣，甚至連王子做的床還擺在原處，當然，房間裡堆滿了更多更多的筆記本。它們是白熊一生的心血。王子再一次流下了眼淚。

「我覺得妳是對的。真正的美源自於內心。」

白熊輕輕的親了親王子的嘴唇，然後抱著他，唱起那首古老的歌謠：

天上的雲兒飄呀飄，
地上的羊兒跳呀跳，
我的心上人呀，
森林裡有我的家園，
我的心都在你身上。

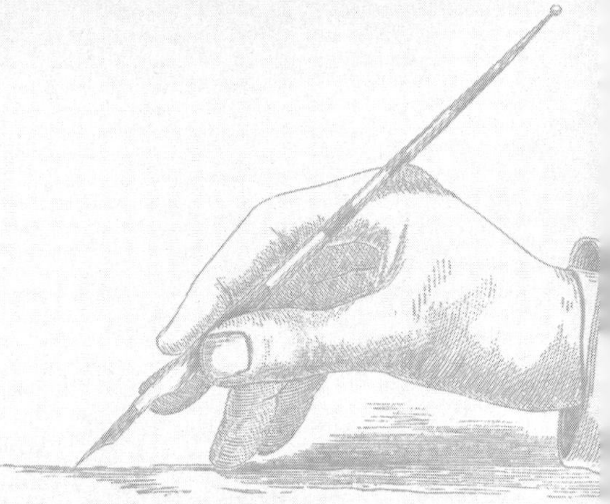

我的武器不見了

1

一天早晨，我從香甜的夢中醒來，發現自己引以為傲的武器不見了。這太奇怪了，昨晚我還用過它呢。我和女友用了有五十分鐘，女友白晶滿意至極。完事後，白晶還緊抓住它不放。是啊，它那麼偉岸挺拔，像座寶塔，哪個女人見了不喜歡？

「寶貝，寶貝！」

「喜歡嗎？」

「比爹娘還親。」

「哈，喜歡就送妳了。」我身體有點疲倦，但興致還算好。

「怎麼送？割掉啊？」白晶瞪大眼珠子，乳房垂在胸前，又細又長，活像兩根小黃瓜。

「想讓妳未來的丈夫成閹人啊？」半年前，我們商量好一年後結婚。

「做閹人挺好的，既不用花心思追女人，也不用考慮生孩子。我要是男人，我就要做閹人。爽極了！」

「啊——等妳成了閹人，妳就知道痛苦了……」

「你不是閹人，你怎麼知道閹人是痛苦的？」

我的武器不見了

「妳不是我，妳怎麼知道我不知道閹人的痛苦？啊——哎呀……」我說不出話來了。

我們又做了一次愛，時間比上一次還長。這並不常見。難道冥冥中我預感到要失去它，所以就又加緊使用了一次？……

等它射出子彈，我疲憊至極。戰鬥那麼久，白晶喊得嗓子都啞了，她閉著眼睛躺在床上，雙腿蜷曲著，一句話都說不出。

我去小便。洗手間的壁燈把我的身影拉得很長。我低頭看著它，它還沒有完全軟下去，它的影子那麼硬挺。它很厲害，今天立了大功。它在歌唱。我手握它，鏡子中的那個人真像古代的威猛將軍，它就是他最厲害的武器，戰無不勝，攻無不克。敵人聞風喪膽，卻又心生愛慕，渴望被它擄獲……

我抖了它幾下，又輕拍它的腦袋，溫柔的說道，「睡吧，寶貝。」我關上壁燈，屋內一片漆黑，就連月光都沒有。

這是我最後一次見到它。

2

我沒有了武器，甚至連兩個卵蛋和黑色毛髮也消失不見，恥骨上平坦如飛機場，既無傷疤也不疼痛，就好像那裡一直寸草不生，荒無人煙。可真奇怪，陽具像小鳥一樣飛走了。（它羽毛黑漆，有著紫紅色頭顱和紅褐色的翅膀，卻只有一隻眼睛……）

「我出了什麼事啦？」我想。這真像個夢。等我完全清醒過來，一切就會好的。我看了看櫃子上滴滴答答響著的鬧鐘。天啊！我想道。已經七點二十了，平時這個時間我已經到公司了；今天很重要，八點鐘我要接待一個貴賓。現在我即使坐計程車去公司，也要錯過這個重要約會。這個城市的交通糟糕頂透，現在是上班尖峰期，沒有一個小時我趕不到公司。一大筆訂單要泡湯了。一切都糟糕透頂……

白晶沒在身邊，也許她上班去了。她要是看到我沒了武器，不知會作何感想。誰能想得到老孫會丟了自己最厲害的武器？……我應該感到害怕，但想睡去的欲望壓倒了一切。

這真像個夢，也許就是個夢。如果這真是個夢，那麼我要做的就是從夢中醒來。那時，一切都恢復原貌，我的武器也會重新回來。小鳥飛回籠子，我關上籠門，長吁一口氣……

我又閉上了眼睛。

3

我做了個夢。

我夢見武器又回來了，它甚至比過去又粗大一倍。我的武器本來在男人中就算大號了，現在簡直成了巨無霸。我走在大街上，洋洋得意。街上人都看著我，就像在看外星人。我很快發現他們都穿著衣服，而我赤身裸體。我羞愧極了，急忙用手捂住自己的私處，可我的武器又大又長，我根本就捂不住。它就像一把機關槍。

他們看著我的武器，臉上帶著怪異的表情。他們把我圍起來，我想逃走，但他們人數太多，我根本衝不出去。我像個困獸，無處可逃。他們盯著我的碩大武器，它一直高昂著頭，像棒槌那樣對準他們。我在人群中甚至看到了白晶和她的朋友馬莉，她們手牽手，乳房高聳，活像一對充氣玩具性愛娃娃。白晶也像其他人那樣面無表情，似乎我們根本沒做過愛，她和那些人一夥……我還看到了辦公室的羅小姐和牛經理，他們都吃驚的盯著我的武器……

我真想鑽進地洞，或者武器變小也好，這樣我就能捂住私處了，但它絲毫不配合，就像大雪中的青松，又挺又直……

他們無聲無息，面色蒼白，真像鬼魅。我痛苦的蹲下來，希望可以藏起武器，可它仍舊倔強的從雙腿中聳立出來，就像黑色花叢中的一門大炮……

我真想醒過來。

4

我醒了過來。手機的鈴聲驚醒了我。我伸手摸了摸會陰部，武器還沒有回來，卵蛋和毛髮也是一樣。它們野餐去了嗎？它們約會去了嗎？為什麼沒叫上我？……我嘆了口氣。

手機螢幕上顯示是牛經理的號碼。我抬頭看了看鬧鐘，已經十點鐘了。我猶豫了一下，還是接通了電話。

我還沒說出「喂」，牛經理就對我一頓臭罵。我把電話扔在一旁，眼睛盯著天花板上的吊燈，那裡有一隻捕食的壁虎。牛經理罵了有五分鐘，壁虎捕到了三隻蚊子和四隻蒼蠅。我彷彿看到牛經理對著電話筒吐沫星子飛舞。他嚷了半天，火氣變小了，他問我為什麼沒去公司，客戶跑了，公司幾十萬美金的合約泡湯了。

「我下不了床。」

「你怎麼了？」他顯然不相信。

「我病了，渾身無力。」

「啊，你不是自稱孫猴子嗎？怎麼，你也會生病啊？這真是天下最大的笑話……」

我把電話摔在地上。我已經這樣了，他還來恥笑我，真是沒人性。牛經理還在電話裡「哇哇」怪叫，我一腳踩碎電話。屋內靜極了，只有鬧鐘滴滴答答的響聲。真可惡，我把鬧鐘扔出窗外。玻璃碎了一地，我也無心收拾。

我的武器沒有了，還有什麼好收拾的？……

5

武器，我最親密的夥伴，我多麼想念你啊。從小到大，你一直陪伴著我，不離不棄，再也沒有比你更忠誠的伴侶，再也沒有比你更貼心的朋友，再也沒有比你更熟悉的親人，再也沒有比你更忠心的僕人，再也沒有比你更威猛的將領……你為我衝鋒陷陣，建功立業，我們一起戰鬥，一起自我嬉戲，一起征服別人的身體，一起接受皮膚的刺激，一起在黑暗的洞穴裡翻滾前行，一起享受生命的極樂快感……

5

有幾次，在你威猛的炮火攻擊下，敵人繳械投降，不但交出了宮殿，還獻出了公主。公主穿著厚厚的盔甲，可還是被你的炮彈穿透……如果不是她們的主人去了醫院，我們一定能收穫更大的戰果……

還有，你甚至還為我排出毒素、尿液和廢物。除了你，還有誰會為我做這些？……所以，回來吧，請你一定要回來！沒有了你，我會是誰？我還是男人嗎？我在別的男人面前還怎麼立足？（他們雖然只有很小的武器，但有總勝於無啊）我在女人面前還怎麼抬得起頭？我還靠什麼去征服她們？我在身體的戰爭中還怎麼獲勝？更不用說繳獲公主或在公主身上烙上我的遺傳基因和生命密碼了……

（孫悟空要是沒有了金箍棒，還能怎麼樣？他還怎麼降妖除魔？他還是孫悟空嗎？……）

沒有了你，一切都是扯蛋！……

武器，你去了哪裡？你被誰偷走了？是那個仇人在報復我？還是我無意中得罪了你，你用逃走來懲罰我？……

這一切太可怕了……

你在那裡？我該怎樣找到你？……

6

我確信了兩個事實：一，我沒有在做夢。二，我的武器確實沒有了。

我把家裡翻個徹底。我找了床底下、客廳、廚房和洗手間；我翻開抽屜、衣櫃、書櫃和旅行箱；我掀開洗衣機、電鍋、微波爐和櫥櫃。沒有。哪裡都沒有我的武器。

我打開電冰箱的冷藏室，那裡沒有我的武器；我拉開電冰箱的冷凍庫，心蹦蹦直跳，就像有個小兔子在擂鼓。白色冰塊裡埋著什麼，它露著深紅色的腦袋，很像烏龜的頭。我顫抖著雙手，急忙把它拽出來。它很長，和我武器的長度差不多。心頭的小兔子跳起了踢踏舞。我拔開它上面的冰塊。我摔了它，又用腳把它踩個稀巴爛。

那是個冒牌貨。一段豬腸，一段很像武器的豬腸……

7

我坐在客廳，垂頭喪氣。書籍、ＤＶＤ、雜物、糖果、海豚玩具、電視遙控器等堆在地板上，還有一個破碎的花瓶。花瓶是白晶買來的，上面的圖案是一隻蝴蝶在花叢中翩翩起舞。可現在花叢成了碎片，蝴蝶也斷了翅膀……

家裡一片狼藉，可我毫不在乎……不，這裡並不是我的家，這裡怎麼會是我的家？

家裡有愛、關懷和溫暖，但這裡冷冰冰的，除了鋼筋混凝土和灰色牆壁，這裡什麼都沒有，就像這個荒漠都市……為了買下這個十九坪的兩房小屋，我花光了所有的積蓄，母親還拿出了她一大半的養老金。這個城市房價高得離譜……我覺得，白晶之所以願意和我結婚，就是因為我有這間房子。她第一次到我家，聽說這間房子屬於我時，她大叫一聲蹦進我的懷裡，興奮得像中了五百萬的彩券大獎……不過也不一定，白晶也許是看上了我的粗大武器，我的武器讓她很滿足……

天啊，武器，我的武器啊……我忍不住傷心流淚，之後又嚎啕大哭。一個赤身裸體的男人，一個沒有武器的男人，在雜亂的地板上哭得像個孩子……

8

碎花瓶旁有一條白色的平角內褲，ＣＫ牌的，是白晶送我的生日禮物。我喜歡搜集男式內褲，每到一個城市出差，我都會逛一些特色小店去買男式內褲。我抽屜裡放了一百多條男式內褲。白晶深知這一點，每次過生日時她都送我別致的男式內褲。而且，她特別喜歡我穿她買的內褲，每當她想起我的武器正頂著她親手買來的內褲，即使正在聽老闆訓話，她都會下體溼潤。她覺得我武器頂著的不是她買的內褲，而是她的黑暗洞穴。

這是白晶親口告訴我的。她還說過更過火的話，「我真想讓你的武器永遠待在我的洞穴裡。」她眼睛火辣辣的，我坐在她對面。其時我們正在一家法國餐廳裡吃燭光晚餐。周圍也坐著一對對愛侶。

「哈，這怎麼行？我還要上班呢。」我喝了一口紅酒，身體也騷動起來。

白晶微微張開嘴，舌頭輕輕舔著紅豔嘴唇，彷彿她舔著的正是我的紫紅色武器，那是她最拿手的好戲。「老公，你不喜歡那裡嗎？你不喜歡我的黑暗洞穴嗎？她會緊緊裹著你，替你戴上緊箍咒，一個讓你要死要活、欲仙欲飄、欲鬼欲飛、欲魔欲獸的緊箍咒！你會二十四小時享受生命最強烈的快感，你在別處永遠都無法體驗到這種生命激情……怎麼，你不喜歡嗎？」

「喜歡，超級喜歡！」白晶的小腳在桌下摩擦我汗毛濃密的小腿。我渾身燥熱得厲害。旁邊的情侶們也湊在一塊，邊喝酒邊調情。櫃檯裡的帥哥服務生望著大家，面帶微笑。

「唉！」白晶嘆口氣，潮紅的臉上也顯現出憂愁。「如果你的武器永遠待在我的洞穴裡就好了！他在那裡安家落戶，成為宮殿裡的國王，和王后一起統治著黑暗王國……他會是個好國王，他怎麼會不是好國王呢？全天二十四小時他都不想離開，他怎麼捨得離開那溫暖的宮殿，那屬於他們共有的宮殿呢？他一度在那裡出生，也要在那裡死亡。那是他永恆思念的故土，那是他永遠無法忘懷的家園……每一個白天每一個黑夜，他們都像一對痴情鴛鴦不會分離；每一分鐘每一秒鐘，他們都像捆綁夫妻那樣纏繞在一起；每一次出生每一次死亡，他們都能化蝶飛去；每一個前生每一個後世，他們都能從人群中認出對方，然後緊緊擁抱，再也不分離……老公，我要的就是這樣的愛情，我只要這樣的愛情……」

白晶把杯子裡的紅酒一飲而盡，紅色晚禮服也從左肩上滑落。在燭光下，白晶就像個女神，對，她就像情欲女神。她靠著椅背，腳伸在我的大腿根，輕輕摩擦起來。我盯著左乳裸露的白晶，武器恨不得在桌子底下，就伸進她的神祕洞穴中……

顧不得餐廳裡那麼多人，白晶一遍遍的呼喊著，「我愛他，我愛他，我愛他啊……」

9

必須要承認，這也是我喜歡白晶的重要理由。我喜歡有人崇拜我，我喜歡有人把我當神來崇拜，尤其對方這麼浪漫多情，還能說出如詩一樣的語言……不過，現在我卻不能確定白晶到底是崇拜我，還是崇拜我碩大的武器。如果我沒有這樣的武器，她還崇拜我嗎？……同樣，我也不能確定白晶到底更愛我（或者我的武器。反正是一回事，他們屬於一體），還是更愛我的房子……

我很是不安。這樣說來，我其實並不了解白晶，以前只不過是自以為了解罷了。而且，我還想起昨晚自己說過要把武器送給白晶，她還問怎麼送，要不要割掉？……我驚出一身冷汗。我是個混球，怎能說這樣的話，白晶要是當了真，豈不是……她可是個做什麼都不管不顧的女人啊！

我站起來，在屋內找起來。果然。白晶的一些東西都不在了，儘管她的皮大衣、羽絨外套、紅色晚禮服、藍毛衣、黑褲子和紫色連衣裙還在，可她的胸罩和內褲都不見了，一同消失的還有她的一個舊皮箱。

我還在她的梳粧檯上發現了一張紙條：

老孫：

情勢危急，我必須要離開你。只有老天知道我有多不情願，但造化弄人，無力回天……如果你曾經愛過我（或者愛過我的洞穴，反正是同一回事，她們屬於一體），那麼以後請把我遺忘，只要偶爾還能把我（或者洞穴，我們共同的宮殿，還記得嗎？）想

9

起，我也就心滿意足了……

記得我曾經說過，要生生世世和你（還有你的武器）在一起，要你的武器永遠待在我的宮殿裡，現在想來那有多可笑，「終究是雲散高唐，水涸湘江」，「想眼中能有多少淚珠兒，怎經得秋流到冬盡，春流到夏」……

你是我的至愛，今生再也不能把你忘懷，我帶走了你的一件東西，只有這樣才能緩解我的永久思念……就此別過，天之涯，海之角，終無相見的那一天……

寶貝，我多麼愛你，我多麼愛你的寶貝啊……

晶晶於即日

我肺都要氣炸了。雖然她沒說清楚，但直覺告訴我，一定是白晶做的！她拿走了我的武器，甚至都沒徵求我的意見。天底下有這樣不講理的人嗎？……

我拿起室內電話，撥打她的手機號碼，還沒等鈴聲響起，我就掛斷。不，我不能打草驚蛇。我應該去她上班的地方堵住她。我應該當著她全體同事的面，大聲質問她為何偷走我的武器？她為何拿走不屬於她的東西？難道從小她父母沒教會她做人的基本道理嗎？……

也許我該猛揍她一頓。這個可惡的偷武器賊！……

10

我決定找白晶要回我的武器。他是我的，只能屬於我！

出發前，我去洗手間小便。從昨晚到現在，我還沒有呢。萬分悲痛，我忘記了還需要小便。而且，沒有了武器，我還怎麼噓噓啊？過去可一直由它來代勞的啊……

洗手間很黑，我打開了燈。我不敢再去看自己的下體，我只能盯著鏡子中沒有武器的那個傢伙。我知道，他不是我，他只是鏡子中一個並不存在的幻相，看著他我能感覺好一點。他沒有了武器，沒有了卵蛋和黑色毛髮，會陰部白得像石膏。他愁眉苦臉，喪失了男人該有的一切。他真可憐。我看見他的淚水無聲的滑落。我對這個男人滿是同情……

幸好，還沒完全堵死，原來武器的位置，現在出現了一個排尿的小孔。沒有這個小孔，大活人真會被尿憋死的！……

我坐在馬桶上，像個印度男人那樣撒尿。我想起了昨晚在洗手間還站著撒尿，今天就只能坐著小便。昨晚自己還是個威武將軍，今天就成了霜打茄秧。（而且最糟糕的是，茄子消失不見！）多麼快，半天的時間，海枯石爛……

一定要找回武器，找回我喪失的尊嚴……

電話鈴聲響了，我猶豫了一下，還是接了。電話裡的牛經理吼叫如雷，我狠狠的掛上電話，扯斷了電話線。媽的，我被你欺壓這麼久，牛馬做了九年，你還要怎樣？……為了賺可憐的生活費和買房的錢，除了和女人上床，我失去了一切消遣，斷絕了和所有朋友的聯絡，更沒有休息過一天！為了完成工作，我經常加班到深夜，還要在你面前夾著尾巴做人，奴顏婢膝得像個猴子……我付出了那麼多，現在好了，瞧瞧我得到了什麼？我的武器不見了，這就是現代生活帶給我的酬謝嗎？……我最重要的東西都丟了，他還要一再打電話罵我。他的心一定是石頭做的……

我真想衝進辦公室，往牛經理身上吐口水，割下他的小武器，扔在他的牛臉上，那樣該有多爽……

11

我把家裡所有能找到的現金都塞進了錢包，也不過幾千塊錢。我鎖上門，把鑰匙扔進了走廊的垃圾桶了。找不回武器我就不回來。這是個傷心之家，寒冷的囚室。偉大的武器先生就在這裡丟失……

我不敢坐電梯。我怕開電梯的小妞會看出我沒有了武器。以前每次坐電梯，她都會低垂著頭，狠狠的盯著我鼓鼓的褲襠，像一頭躁動的母狼。現在可好，她只要瞄一眼，就知道我丟失了武器，除非我在褲襠塞上什麼，可我幹麼要自欺欺人？……

我走下十八層樓梯，花了十五分鐘。我覺得虛弱極了，真想從樓梯上滾下去……沒有了偉大的武器先生，我也就沒了奮鬥目標，失去了前行的勇氣，生命中一片虛空。

「人生是一個愚人所講的故事，充滿著喧譁和騷動，卻找不到一點意義……」

12

我來到大街上。廣場上的鐘敲了一下，已經是下午一點了，街上車水馬龍。一切照舊，空氣汙濁，街面骯髒，行人腳步匆忙，臉上寫滿疲憊。為了生計，人們必須奮力拚搏，很少人獲得了成功，大多數人卻心碎夢斷。這是個憂傷的城市。我不明白當時為何留在這裡，我實在該回家鄉……

硬幣的一面是自由，一面是孤單。年輕時我喜歡自由接受孤單，現在卻喜歡團聚害怕孤單。失去了武器，這種心理就更重了。身邊要是多一些朋友，我也可以找他們訴訴苦，不至於現在一個人去面對……

一對母子走過我身旁。母親抱著兩三歲的兒子，他手裡拿著一個紅白藍三色的小風車，母親親著兒子。小男孩還穿著開襠褲，他們一定來自鄉下，可他們笑得真開心。這是長久以來我在這個城市看到最感人的一幕……

我盯著小男孩和他的小武器——比花生米大不了多少——心裡酸酸的……

我想起了遠方白髮蒼蒼的老媽媽。很久以前，我也曾有過紅白藍三色的小風車；很久之前，我也曾有過媽媽溫暖的懷抱和親吻；很久以前，我也曾有過像花生米那樣大小的武器……

可我弄丟了她老人家賜給我的武器……

一剎那間，對媽媽的思念如潮水。可我不能打電話給她，我害怕自己會哭得唏哩嘩啦。那會嚇壞她老人家的……

我不能。我不能……

13

和往常一樣，地鐵裡人山人海，比一百年前趕廟會的人多多了。這個城市有

我的武器不見了

三千八百多萬的常住人口，資源有限，人才眾多。為了爭奪可憐的生存空間，人們必須像武士那樣砍倒競爭對手。事實很明顯，不是他死，就是我亡，沒有人甘願投降，成為任人宰割的羔羊。誰都明白「先下手為強，後下手遭殃」的道理。好吧，那就戰鬥吧！如果吃掉別人不用坐牢的話，這個城市早就變成了空城……

地鐵裡密不透風，汗味、灰塵味、屁味、騷臭味、口臭味、狐臭味、腳臭味和嬰兒的屎尿味等撲鼻而來。你根本無法閃躲，你的前後左右都塞滿了人，可還有一半人沒有擠上地鐵呢……

就是在剛才，有一個乘客被擠下了月臺，被沒停穩的地鐵輾碎了雙腿。他二十多歲，學生模樣。警察把他拖上去，向醫院打過電話，就不再管他了，他倒地淒厲的哭喊著，大家照舊看報紙、聊天、發簡訊、親嘴……

這種情況太常見了。在不到半年的時間了，已經有三百名乘客死在地鐵輪下。有的是因為壓力大而跳下去撞車自殺；有的是被人無意擠下去的；有的卻是被人有意推下去的。反正人多亂哄哄的，凶手最終也不會找到。這個城市還發生了多起碎屍案，一年中發現的無名屍體少說也有三萬具，有的屍體沒有頭顱，有的沒有心臟，有的沒有肝脾，有的卻沒有陰戶……案件太多，警方根本破獲不了。即使他們宣布抓獲了凶手，人們也會懷疑他是屈打成招的代罪羔羊，真正的罪犯仍舊逍遙法外……

地鐵緩緩駛走。我看著玻璃窗外的傷者。他已經昏倒，鮮血順著褲腳流出來，周圍一片血紅。我想起他那被輾碎的雙腿，要是他的武器也被輾碎，那就太糟糕了；不過即使他的武器完好無損，但他沒有了雙腿，也很難有女人願意嫁給他。這樣，即使他有完美的武器，也空無用武之地。我替他惋惜，替他的武器惋惜……

地鐵呼嘯前行，就像一個面容猙獰的吃人怪獸。

有一雙手摸起我的屁股，甚至還猛的抓我大腿根，不料卻什麼都沒抓到。我吃驚的抓住了那雙手，手的主人是耳朵上釘滿耳釘的男人，他一定是個男同志。他吃驚的盯著我，他一定發現我沒有武器。我恨死了揩油的同志，恨不得一拳把他臉打開花。

我想質問他為什麼摸我，但我害怕他會反問我怎麼沒有武器。車上那麼多人，雖然沒有人關心我們在做什麼，也不會有人關心我是否有武器（我即使有武器，他們也無權使用；即使我沒有武器，他們也不會給我一個），但我仍舊害怕在眾人面前暴露我的祕密。我想起了早上做的那個怪夢：我赤身裸體被眾人圍觀……天啊，千萬不要發生這樣的事啊……

周圍人照舊看報紙、聊天、發簡訊、親嘴……地鐵到了某一站，耳釘男用力一扯，終於跑下了車……

又一大批人上車。汗味、灰塵味、屁味、騷臭味、口臭味、狐臭味、腳臭味和嬰兒的屎尿味等又撲鼻而來。車門很快關上。我望見了人群中的耳釘男，他手裡舉著什麼，對我笑得甜蜜。

我看了好一陣子，在列車飛速離站的瞬間，我看到了他手上舉著的正是我的錢包。

這個可惡的偷錢包賊……

14

我丟失了武器，緊接著又丟失了錢包。除了現金，錢包裡還有身分證和我的各種銀行提款卡。我從來記不住提款卡號，這下好了，沒有了身分證，我連補辦銀行提款卡的機會都沒有了。

沒有了身分證，我就無法對警察說出我是誰。我甚至無法向警察證明我的性別。沒有了武器，誰承認我是男人？……

我是誰？誰能證明我的身分？我是男人嗎？如果我不是男人，我是什麼？女人會把我視為同類嗎？我要不要做個隆胸手術，為了讓自己看起來更像個女人？如果我既不是男人又不是女人，那我是什麼怪胎？魔鬼會把我視為同類嗎？……

也許我該說出那個名字，對，那個讓我羞於出口的名字。我必須正視這個現實了。我是，我是，對，我就是太監，我也是閹人、閹官、宮人、宦官、中官、內官、內臣、內監、內寺、內豎、寺人、公公……

對，這就是我今天的處境，最真實的處境……

15

今天十分糟糕。我先是丟了武器，之後是錢包……

但最糟糕的是白晶今天根本沒去上班，她既沒有請假，手機也關機，已經是下午三點了，還是無法聯絡到她，公司甚至報了警。因為早上在公司門口又發現了一具無頭女屍……這就是我從她公司問來的全部資訊……

走在大街上，我的心沉重極了。我不相信白晶會被歹徒殺害，但也不知道她去了哪裡。她可是我尋找武器的唯一線索啊……

我在街邊坐了一個小時，還是不知何去何從。此刻陽光還很毒辣，眾人一定以為我瘋了。我盯著男人們鼓鼓的褲襠看個不停，昔日我曾比他們還驕傲，現在卻不得不低下頭顱，用崇敬的目光望著他們……

我甚至在街上看到了牛經理和羅剎小姐——他的祕書兼情人，他們手挽手，邊走邊談，羅小姐甚至還按住牛經理的嘴巴，狠狠的親了一口。牛經理似乎不太情願，他用手擦了擦嘴唇。真奇怪，羅小姐的乳房看起來比過去大了一倍。

要不是我早一步躲進街邊的優酪乳店，他們一定會發現我。我要了一杯優酪乳。我喝了一半，這才發現身上沒有一分錢。藉著上廁所的機會，我跑出優酪乳店，店員在我身後追了好久。有個老頭擋著我的路，我把他推倒。他躺在地上大罵我祖宗十八代。他的武器一定摔疼了。

以前我不會這樣。可現在我毫不在乎，甚至沒有絲毫的羞愧。如果給我一把刀，我準會去殺人。

丟失了武器，我變得無所顧忌，天不怕地不怕起來。

16

我決定去找馬莉。

馬莉是白晶的大學室友，也是她在城裡的唯一死黨。她們無話不談，喜歡彼此分享祕密。我們剛認識了半個月，白晶就帶我去馬莉家。馬莉是個作家，我們坐在陽臺上，懶洋洋的喝著啤酒，天南地北的隨意亂聊，就像多年不見的老友。

白晶去了洗手間。馬莉敞開裙子，她沒有穿內褲。她要我看她的幽暗洞穴和黑色毛髮。我竭力躲開她熱烈的眼神，她卻解開了襯衫扣子，揉搓起自己的乳房，乳房像鴿子一樣潔白。她張開了大腿……

我呼吸急促，恨不得撲上去……就是此時，白晶走進陽臺，看到了一切……白晶跑走了，我在後面追她……

白晶一定告訴過馬莉關於我武器的神話……

17

我敲了好半天門，又等了二十分鐘，馬莉才開了房門。

她看見我很是吃驚。馬莉眼睛通紅，睡眼惺忪。

「怎麼會是你？」馬莉想要關上房門，可我力量大，我擠進去了。

「為什麼不能是我？」我關上了房門。多奇怪，屋內開著空調，馬莉卻穿著黃色的毛衣，乳房高聳，身上還裹著一個毯子。這可是盛夏時節。

我的武器不見了

「你最好離開。現在就離開。」馬莉背過身子，嗓音沙啞。

「為什麼？妳不是喜歡我嗎？妳讓我看過陰戶，還有乳房。」我伸開雙臂想抱住她，馬莉還是躲開了。我的下流讓我目瞪口呆。

「為什麼是今天？為什麼你今天才來？」馬莉對我嚷道，眼中滿是淚水。此刻的她梨花帶雨，尤其動人。她焦躁不安，心神不寧，就像籠中的母豹。也許在我懷裡她會有安全感。可她用手阻止了我的接近。色誘的方法宣告失敗。

「怎麼？今天來就晚了嗎？」我很氣憤。怎麼今天這麼倒楣，屢屢受到挫折。

「晚了，今天來就晚了！」馬莉抽噎了一下，終於大聲的哭起來。

我很尷尬。這要是在我家，我真會衝上去打她幾個耳光。這個不懂禮貌的女作家，性情實在古怪，這就是她的待客之道？

三分鐘後，馬莉平靜下來。我問她白晶在哪裡。馬莉看了我一眼，說不知道。我知道她知道，但不知道如何讓她說出。她們認識了有七年，馬莉認識我才一年。雖然勾引過我，但很顯然，馬莉不願為我出賣白晶。我又費了半天口舌，還是沒有效果。

「我必須要找到白晶！這對我很重要，十分重要！」

「我不告訴你，就是不告訴你！」女人要是倔起來，比毛驢還厲害。

17

我瞪著馬莉，馬莉也瞪著我，都恨不得吃了對方。馬莉喘著粗氣，胸口一顫一顫。我想起了她那像鴿子的乳房，如果我捉住了她們，馬莉也許會繳械投降。

「求求妳，告訴我吧。妳不知道，沒有白晶我活不下去……」這句話是雙關語。我假裝哀求，卻慢慢接近馬莉。

顯然，馬莉被這句話打動。她嘆口氣，低頭思索著。

我卻蹭到她身旁，飛快的用手去抓她的乳房。馬莉驚叫一聲，躲閃著，但她的左乳還是被我緊緊抓住。我很驚訝，我摸到的不是柔軟的乳房，而是一個硬邦邦的東西。緊接著是一聲巨響。我驚呆了。馬莉的左乳房卻一下子消失不見，而黃毛衣下的右乳房依然圓滾。馬莉捂著臉蹲在地上。

我掀開了她的黃毛衣，我看到了馬莉破碎的左乳——一個氣球碎片，還有她那圓滾滾的右乳——白氣球做成的。

「消失了，一下子就消失了……」馬莉用手捶地，嚎啕大哭起來。

「對不起，真的……我不是有意的……」我羞愧得無地自容。

「滾，滾，滾！」馬莉咆哮得像個母老虎。

「妳要知道，妳並不是唯一不幸者。我，我……我的武器也不見了……」我不知道自己為什麼要告訴馬莉。也許我們「同是天涯淪落人」吧。

馬莉睜大眼睛，她張了張嘴巴，最終還是說了出來。

「去天涯海角……」

18

我竟然忘了那個地方。

一個月前，我們在旅遊手冊上翻了好久，討論去哪裡新婚旅行。白晶看到這個地方的名字，驚叫起來。

「我們就去這個地方！我喜歡這個名字，她很浪漫，就像生生世世的愛情一般……我希望，即使在天涯海角，我們的愛還能永遠相伴……」

這個浪漫又狠毒的女人……

19

一路上我飽經風雨。

有時候步行，有時候搭車，有時候爬上運送煤的火車，有時候坐上運送石子的曳引機。我知道自己一定看上去像個野人，穿得破破爛爛。沒有了武器，鬍子也不長了，頭髮又那麼長，人們把我當成了女人。我到了城市，人們會在我碗裡扔硬幣；我到了鄉村，好心的阿姨會給我吃剩的半個饅頭。有個農夫甚至想占我的便宜，他摸我的屁股，被我一拳打翻在地。

我在河裡洗過澡，在垃圾場裡過過夜，在田野裡拉過屎，在空氣裡放過屁；我在山裡捉過蛇，在樹上摘過野果，在田裡摘過茄子，在樹旁撿到過撞死的兔子；我聽過江水的奔騰，聽過野貓的叫春，聽過夜鶯的歌唱，聽過森林的哭泣；我看見炊煙裊裊，我看過長河落日圓，看過三千尺的驚濤拍岸，看過楓橋旁的夜泊船隻，看過一群交歡媾和的野象……

我從沒想過做乞丐會這樣自由，像風一樣瀟脫，像雨一樣飄逸，像彩虹一樣純淨，像日月星辰一樣久遠……

我真傻，竟然在荒漠都市待了那麼久……

我早已習慣了沒有武器的生活，甚至認為男人就該天生沒武器，這樣我們才能心情寧靜，才能更好的感受生活……

20

有一天，在一個類似家鄉的小城，用他們給的五塊錢，我打了個電話給媽媽。媽媽在電話裡問我最近怎麼一直沒打電話，還沒等我回答，媽媽又開始問我什麼時候結婚，她說她套好了紅被子，還準備好了結婚用的紅床單、紅被罩和紅臉盆……媽媽問我們什麼時候生小孩，她準備好了孩子的尿布尿布，還有小絨衣小毛衣小上衣小褲子小鞋子，還有小孩子從出生到五歲的所有衣服……我哈哈大笑。絕佳的反諷……

我還能說什麼？媽媽有心臟病……

當然，我更不能打電話給父親。即使地獄開通了電話，我總不能在電話裡對父親說：老爸，你知道我的武器去哪裡了嗎？……

21

一個月後，我來到了天涯海角，那是個海島。又花了十天時間，我找到了白晶。她每天上午都牽著一隻小狗去鎮上轉，雖然她假扮男人，還在嘴唇上貼上了鬍子，但我還是從走路姿勢上認出了她。

我做了精心準備。第二天，我躲在小樹林裡，當白晶牽著小狗經過時，我竄了出

21

來。白晶驚叫著，小狗也跟著狂吠。這裡很偏僻，此刻也沒人經過。

剛開始，白晶沒有認出我，她以為遇到了歹徒。小狗衝上來咬我，被我一腳踢翻。白晶趁機撿起地上的一截木棍，她衝了過來。木棍就要落在我腦門的一刹那，停在了半空，又掉在了地上。

「啊——」白晶用手捂著嘴巴，簡直不相信自己的眼睛。雖然蓬頭垢面，但白晶還是認出了我。我也思緒起伏，白晶比以前瘦了許多，雖然假扮男人，但她比以前更加楚楚動人。在見面的一刹那，我才明白原來有多愛白晶，心頭對她的仇恨也轉瞬煙消雲散。小狗也吃驚的瞪著我們，嘴張著，不知道該朝誰叫。

我們對看了有半分鐘。白晶想撲進我的懷裡，我也張開了手臂。白晶的身子動了動，接著眼淚掉出來，最終她還是跑走了。小狗也狂叫著跟在她身後。

我在後面緊緊追趕。花了那麼大代價才找到她，我不會輕易讓她逃走。我跑得飛快，一下子就抓住了她的手臂，她激烈的掙扎著，就像一匹暴烈的母馬。小狗撕咬著我的褲管，又被我一腳踢開。

「不，不——，放我走吧，你放我走吧！」她哭得像個罪人。

「為什麼偷走它？為什麼？」

我的武器不見了

「什麼？」白晶吃驚的瞪大雙眼。

「為什麼拿走我的，我的東西？」我說不出口。她裝得再無辜，我都不會相信。

「我想看到你，我只是想要一直看到你……」白晶又哭起來。

「可妳對我製造了多大的痛苦！我，我，我……」這個愛哭的女人，我的心都軟了。

「什麼啊？你在說什麼啊？」白晶吃驚的睜大雙眼。

「妳知道我在說什麼！」我惱恨的摔開她伸來的手。

「你丟了什麼？」白晶用手撫摸我的背。

「妳拿走了什麼？」我抓住她的手。

「我只是拿走了你的影集……」她的手親吻我的手。

「什麼？妳沒拿走……？」天地都在搖晃，我說不下去話了。

「我只拿走了影集，裡面有你從小到大的照片。你怎麼了？你的什麼東西不見了？」

我放開了白晶，轉身離開……我多傻，我一直以為見到了白晶，就能拿到了我的武器。現在好了，她沒拿走我的武器，我還能再去哪裡找它？……

「告訴我，你的什麼東西不見了？」白晶拽住我，我甩開她的手臂。白晶從後面抱住我，我無法掙脫。我渾身一震，白晶的身上少了什麼東西。

「武器。我的武器不見了。」

「什麼？」

「真的。這是真的。」

「哦……我的乳房和陰戶也不見了。我害怕極了，怕你知道了不要我……」我抱住白晶，吻了她一下。剛才白晶從後背抱著我時，我就知道了她的祕密。這個傻女人啊……

「所以妳偷偷離開了我？」

「對……你是怎麼丟的？」

「不知道。醒來後就不見了。妳呢？」

「一樣……它們去哪裡了？」

「不知道……妳愛我嗎？我現在沒了武器。」我身子搖晃著，躲避著她的眼神。

「我愛你。」白晶長長吁了一口氣，甚至臉上也露出了笑容。「現在我們平等了，我也沒了乳房和陰戶……你也愛我嗎？」

「愛，從沒像現在這麼愛……」

……

「我們怎麼辦？沒有了它們，我們可怎麼辦？」

「不知道。我真的不知道……」

22

親愛的讀者，我們討論了好久，還是不知道該怎麼辦。我們十分相愛，完全離不開對方，但我們現在都沒了性器官……

（也許世界上所有人都丟了性器官，我知道馬莉沒有了乳房，也許還有羅小姐和牛經理，誰能說得準啊？……）

我們不知道自己是男是女，也不知道該如何接受對方的身體……也許最根本的是，我們接受不了自己的身體，沒有了性器官，我們的身體醜陋不堪……

親愛的朋友，告訴我們怎麼辦……如果是你沒了武器，或者如果是妳沒有了乳房和陰戶，你會怎麼辦？……

告訴我，告訴我們……

猴子

一天晚上，我下班回家，發現兒子變成了一隻猴子。桌上擺著三人晚餐：紅燒鯉魚、魚香茄子、乾鍋藕片、虎皮尖椒、皮蛋瘦肉粥，還有一盒沒有拆封的生日蛋糕。盛淇坐在椅子旁，臉上表情呆呆的，眼睛紅紅的，那隻猴子就坐在她的懷裡，雙手緊緊抱著她的身體。牠穿著我買給兒子的衣服，上半身穿著藍色小夾克（夾克背面是哪吒腳踩風火輪的圖案），下半身穿著一條灰色的運動褲（褲子口袋附近有孫悟空拿著金箍棒的圖案）。牠的眼睛很大，臉上的表情也說不清悲喜，畢竟，猴子和人類是兩個物種，要了解猴子的習性太難了。

盛淇沒有像往常一樣說「你回來了」。我也就沒辦法說「我回來了」。畢竟，作為一個先生，我總不能熱臉貼冷屁股。我把皮鞋脫下，換上家常的拖鞋，那隻猴子一直盯著我看，牠還把左手放在嘴裡啃起指甲，彷彿那是世界上最好吃的食物。我認出來了，這正是兒子慣常的行為。

外面已經是萬家燈火，隔壁鄰居家的電視機裡傳來一部動畫片的片頭曲。那是兒子最喜歡看的動畫片，以前每次聽到這首音樂他都會手舞足蹈，但他變成猴子後，聽到這首音樂，也變得無動於衷。

我不知道這是怎麼發生的。在兒子兩、三歲的時候，我每晚都為他讀一個睡前童話。在那些童話中，有一些人變成了天鵝、變成了野獸，也有一些動物變成了人，比如青蛙就變成王子。兒子很聰明，他對這些童話故事爛熟於胸，每天都纏著我問個不停。但這不應該是他變成猴子的原因啊。因為我記得很清楚，我從沒跟他講過人變成猴子的童話。再說，那麼多的孩子都聽過這些童話故事，他們怎麼一個都沒有變成猴子啊？……

在我這樣胡思亂想的時候，盛淇的眼淚掉下來，她還不停的抽泣著。她穿著黃色的毛衣，黑色的褲子。那隻猴子乖巧的幫她擦眼淚。就像平時我們吵架那樣，只要盛淇一哭，兒子就幫她擦眼淚。他變成了猴子，愛母之心也沒絲毫的改變。

「他怎麼變成猴子的？」我坐在椅子上，雖然飢腸轆轆，但我忍住吃的欲望，想要了解事情的真相。

「你也知道，他今天發燒，就沒送去幼稚園。一上午他都在昏睡，因為今天是他生日嘛，我就去菜市場買了一些菜，還訂了蛋糕，我想晚上幫他好好慶祝下。我中午掀開被子就發現他變成這樣了。你說嘛，這可怎麼辦是好啊……」說完，盛淇又哭得梨花帶雨。

那隻猴子還是用手擦掉她的眼淚。我仔細的觀察著牠的一舉一動，我覺得雖然牠行為乖巧，但絲毫不見有悲傷。（猴子畢竟和人類是不同的。）牠的眼睛盯著蛋糕和藕片。有好幾次，牠都想要從盛淇的懷裡蹦出來，跳在桌上。但盛淇緊緊的抱著牠，不給牠搗亂的機會。

「我了解了。老婆，妳辛苦了。」我走了過去，彎下腰，把盛淇抱在懷裡，那隻猴子的毛碰到了我的手，我閃電般的縮回了手。我單手抱著盛淇，那隻猴子呲牙裂嘴的叫著，牠鋒利的牙齒閃著白光，我嚇得趕快離開，也虧我走得快，要不然牠的長指甲肯定把我的臉抓得稀巴爛。牠不停的嚎叫著，揮舞著雙手，嘴裡還發出「呲呲」的聲音。兒子今天正好五歲，正是佛洛伊德先生所謂「殺父娶母」的年紀。在他沒變成猴子前，我已經感覺到了他強烈的敵意，平時他做錯事我對他講道理時，他嘴裡總會喊著「我殺了你，我殺了你」，在他變成猴子後，這種恨意就更強烈了。

盛淇還抱著牠，但牠很想掙脫出來，牠用爪子扒著她的臉，盛淇還像哄孩子一樣哄牠，但牠很快變得暴躁起來，牠用手抓了下盛淇的臉，盛淇尖叫一聲，下意識的鬆開她的手。她的臉上已經有了很長的一道口子，血很快順著臉頰流出來。盛淇氣得狠狠打了牠的腦袋，牠生氣的在昔日母親的手臂上咬上一口。盛淇尖叫的聲音更大了，我趕忙拿著裝筆記型電腦的包打牠的腦袋。牠放開盛淇，張開嘴，朝我尖利的叫著，還朝我撲過來，我在後退中慌忙朝牠踢了一腳，牠靈巧的躲開了。然後牠看準機會，跳到餐桌上，邊把藕片遞進嘴裡，邊張大眼睛瞪著我們看。

我扶起椅子上哭泣的盛淇，她的臉上流出的血更多了，手臂上也有一個咬出的傷口。我趕忙拉著盛淇進了洗手間，打開自來水沖洗這些傷口。她仍舊哭哭啼啼的，還忍不住趴在我胸口哭起來。她臉上和手臂上的傷口都不嚴重，但不知道被猴子抓咬後要不要打狂犬疫苗？……

「老公，這可怎麼辦啊？」盛淇緊緊抱著我。我把手放在她後背，希望能傳遞點支持和愛給她。「你說我們造了什麼孽，怎麼會遇到這種事？」

「這也是沒有辦法的事情。發生了，我們就要面對它。」

「怎麼面對？」

客廳裡傳來劈哩啪啦的聲音。「不好。」說完，我推開盛淇，打開洗手間的門。有什麼東西朝我砸來，我眼疾手快，趕忙躲開，但第二個物品緊接著朝我的臉砸來，我想要躲避，但已經來不及了，它砸在我的腦袋上，然後落在地上，發出清脆的破碎聲，我低頭一看，兒子百日照的相框掉在地上，相框上的玻璃已經碎成幾片。腦門上有熱呼呼的東西流下來，我伸手一摸，都是血。

憤怒在我心中升騰起來。我抓起身邊的竹掃把，朝那隻猴子拍去，牠在桌子上跳來跳去，躲避我的追打。更有甚者，牠還撕開包裝盒，抓起蛋糕上的奶油朝我們砸來。我們用手擋著臉，那些奶油砸在我們的衣服上、頭髮上、地板上和牆壁上，很快，屋子裡就一片狼藉。盛淇氣壞了，她抓起放在臥室門口的鞋朝著昔日的愛子砸去。男士皮鞋、高跟鞋和兒童運動鞋讓那隻猴子招架不住，牠嘴裡吱吱地叫著，還作揖下跪，請求我們饒恕牠。這就更加可惡了。在牠獲勝的時候，它興高采烈，得意洋洋，在牠落敗時，馬上就換一副面孔，又是求饒又是裝孫子，牠很狡猾，正在用這些計謀換取我們的同情心；也許潛意識中，這隻猴子覺得牠還是我們的兒子，無論做任何不合理的事情，我們都會原諒牠。但這是牠的想法。

地板上有很多摔碎的鏡框，菜灑在地上，盤子也爛了，牆壁上也白花花一片。美好的三人晚餐都被破壞了，被這隻該死的猴子破壞了。把牠扔到太上老君的煉丹爐裡我都不解恨，真是該千刀剮萬刀切的禍害精！

我是一家之主，絕不能手軟。趁著牠在桌子上磕頭跪拜時，我拿著竹掃把狠狠敲牠的腦袋。牠怪叫著，還張大著眼睛看著盛淇。但她對牠也不理不睬。臉上和手上的傷口真的是傷透了一個做母親的心。

我找出繩子捆住了牠的雙手，牠用牙齒咬我的時候，我狠狠的打了牠一巴掌。牠的眼淚都掉出來了，嘴裡也嗚咽的哭叫著，但我不管不顧，我拿著透明膠帶纏住牠的嘴巴。我纏了好幾圈。我本來想把牠的鼻子也用透明膠布纏住。但我怕盛淇到時候怪罪於我，所以就沒有實施。

我把牠拴在了暖氣片上。任牠有多大氣力，都不能把暖氣片從牆壁上拽下來吧。牠沒有想到我會這樣對牠，牠生氣的用腳去踢暖氣片，當然疼的只能是牠的腳。牠的五官都扭曲了，牠嘴裡發出含糊不清的叫聲。天啊，這樣的一隻臭猴子，竟然想要和我們人類硬碰硬。對牠的一絲憐憫之情，也隨著牠的這些魯莽而愚蠢的表現消失殆盡。我一不做二不休，又拿繩子把牠的雙腳捆住，也綁在暖氣片上。我的手碰到牠腿上的毛髮，我心頭湧起一陣噁心。如果不是刻意壓抑著，我肯定要把髒東西吐在牠身上。

我從來沒想到會發生這樣的怪事。我一肚子委屈，為了養活一家人，我在公司裡拚死拚活的工作，為老闆做牛做馬，對客戶為奴為婢，我受的委屈找誰訴說？而我差不多奮鬥了十多年，才為一家人買下了房子，還存了一筆孩子讀書的費用。而現在這一切都因這隻猴子的出現而灰飛煙滅一場空了。

盛淇應該更傷心，在她懷孕三個月的時候，就從公司辭職回到家安心養胎。這五年多的時間裡，她更是為了孩子操碎了心，孩子變成猴子後，她更是失去了心靈的依託。

想到這裡，我對猴子的恨意增加了十分。如果我是盛淇，我早就拿著水果刀刺進壞猴子的胸口。但作為有伴侶的人，我必須要顧忌盛淇的感受。她正彎著腰撿起地上的碎玻璃，她叫了一聲，碎玻璃又把她的手指劃破了。真是屋漏偏逢連夜雨。我拉起盛淇。既然美好的夜晚已經被破壞了，那明天再來收拾破碎的餐具也是明智的。畢竟，我們已經失去了所有的心力：和壞猴子的搏鬥，讓我們疲憊至極。

我把盛淇拉到床上，我抱著她，她躺在我的懷裡，她的眼淚浸溼了我的胸口。她太累了，很快就沉沉睡去。這對她也好。

我打開臥室的門，悄悄朝書房走去。那隻猴子趴在地上也睡著了，地板一定很涼，管牠呢，反正牠就是隻猴子嘛。我小心的避開地上的玻璃碎片，推開書房的門，我從褲子口袋裡掏出手機，打電話給好友劉雨峰，他是本市著名的兒科專家。劉雨峰正在家裡看電視，因為我聽到了新聞節目的聲音。我把情況簡單的說了一下，劉雨峰也很吃驚。

「天啊，你不是在開玩笑吧？今天可不是愚人節啊！」電話那頭，傳來劉醫生的聲音。

「這是我兒子的事，我開什麼玩笑！」我生氣的嚷道。

「這就麻煩了。醫學上還沒有這種五歲孩子變成猴子的案例。需要查一下孩子的DNA，看看是不是基因突變，或者是病毒感染。」

「那牠還能不能變成人？」我問道。

「這個……誰也說不準啊，就像你根本就想不到他能變成猴子一樣。」劉雨峰在電話那端沉默了一陣子，然後說道，「你可以看一下《蜘蛛人》的電影，大概就知道了變異的原理。」

我掛斷了電話，不禁悲從心來。我在兒子身上寄託的希望有多大，此刻我的失望就成千億倍的反噬過來。

我曾經對這個孩子寄予厚望，在他還沒出生的時候，我就替他取好了名字，我還提前規劃了他這一生要達成的成就：獲得奧運會項目的金牌，為國爭光。而且，在他抓周的時候，他抓到的都是奧運會金牌。（那是因為我擺在前面的只有金牌——從網路上訂做的）從兩歲開始，我就帶他去訓練館裡學習跆拳道，因為這是奧運會的比賽項目。他練習刻苦，在這方面很有天賦，在五歲的年齡已經是紅帶級別。但現在他變成了猴子，牠還怎麼和別人比賽跆拳道？

小朋友，你能和一隻猴子比賽跆拳道嗎？

不，我討厭猴子，我不和猴子比賽，牠會把我的臉撕爛……

……

我想像著在奧運會的跆拳道場館，在全球觀眾矚目的決賽中，一隻成年的猴子穿著藍色的比賽服，和黑人對手比賽跆拳道。他們激烈的對抗著，猴子一直節節敗退，但在最後十秒中，牠使出了絕招：騰空三百六十度轉身腿法擊中黑人運動員的頭部，黑人運動員慘叫一聲倒在地上，猴子的得分一下子超過了對手，現場的觀眾大吼大叫，裁判舉起猴子的左手，宣布牠是冠軍。我們的猴子成了奧運會的冠軍，這隻猴子為我們國家爭到了榮譽，現場升起了國旗，奏起了國歌。而我們的猴子冠軍脖子上掛著奧運會金牌，一手舉著鮮花，另外一隻手放在心口，嘴裡輕輕跟唱著國歌，眼裡還流下了幸福而驕傲的淚水。這個經典畫面透過現場直播的電視畫面，傳遞給全國和全球的觀眾們，大家都沸騰起來，為這隻猴子而驕傲和歡呼……

想到這裡，我的嘴角不自禁的露出微笑。這種畫面我幻想了很多次，但現在的主角冠軍換成了一名猴子，多少讓我無所適從。我歡喜的心，在看到暖氣片上拴著的猴子時，一下子跌入谷底。

這隻猴子撕碎了我所有的夢想。我一下子悲痛欲絕，我也不想了解事情發生的原委，更不想再去找什麼解決之道。我直直的走過去，眼淚止不住的流下來。我的腳踩在玻璃碎片上，發出清脆的聲響。被綁著的猴子本已經睡著，但牠被碎玻璃聲驚醒。牠抬頭看著我。牠的眼睛深邃乾淨，彷彿是百歲老人得道後的眼神，我的眼淚一直流呀流。我嗚咽的哭著，就像一個三歲的孩子，我跪下來，抱著那隻猴子，抱著眼神清澈如清水的猴子。我渾身抽動著，把我此生所有的委屈都哭了出來。我突然想起了很多事，我想起了年輕的時候，我非常熱愛文學，我每天都練習寫小說，我寫的小說差不多有幾千篇。因為我最敬愛的導師說這些小說都是臭狗屎，我就再也不寫了，我把這些小說稿件都扔到火爐裡燒掉了。我找了一份銷售員的工作，我投入工作，拚了命的工作，就是為了爭得一口氣，成為那個被看見和被讚賞的人。我成了周圍親戚朋友們的驕傲。我實現了年輕時極其渴望的財務自由，之後我把所有的心力都用在培養孩子成為社會的棟梁之才上面。出人頭地是很美好的事情。當你實現的時候，你就知道幸福是何滋味……

我不知道抱了那隻猴子有多久。我只是感覺到牠的身體變涼了，變軟了，我就把牠從懷裡放下來。牠也許是睡著了，也許是……不，不是這樣的……我把牠放在了地上。

我擦乾了眼淚，心情也平復很多。我進臥室前，又回頭看了地上的小東西。牠變成了一團黑影。月亮躲在雲層了，沒有一絲的亮光照進屋裡。我打開客廳的

22

夜燈，看著地上的相片、被摔爛的相框、亂扔的菜餚和白色的蛋糕等，我的心就如地上的玻璃一樣，破碎了一地。這本來是我們一家三口美好的晚餐，充滿柔情的甜蜜時刻，最後竟然變成了可怕的夢魘記憶。

我推開臥室的門，趴到床上，抱著沉睡的盛淇。她輕微的發出鼾聲。睡眠真的是很好的禮物，一睡解百愁。透過沉睡，妻子逃避了痛苦，獲得了解脫。我躺在妻子旁邊。輕輕依偎在她懷裡，那裡曾經是我的避風港和宗教聖地。我流了一會眼淚，然後我扒開盛淇的褲子。差不多有兩三年的時間，我們都沒有過夫妻生活。妻子每天都喊帶孩子有多累，我也一心一意忙在工作上面，實在分不出心再去做別的事。但現在不同了，妻子再也不用帶孩子了，而我還需要一個新孩子的到來，他會填補我心中的空缺，他會接過哥哥的衣缽，重新實現我們偉大的奧運冠軍夢想。加油吧，孩子。你一定要早點到來啊……

第二天早上，我被尖利的叫聲所驚醒，我睜開眼睛，在我面前坐著一個渾身是毛的母猴子，因為牠的雙乳之間也長滿了毛髮，所以我認清那是隻母猴子。牠一邊尖利的怪叫著，一邊用長長的指甲拽著自己身上的毛。有幾撮毛被拽了下來，上面沾著猴子血，但牠似乎感覺不到疼痛，仍舊不斷揪著自己的毛髮怪叫著。我過了好一陣子，才想起這隻母猴子可能就是盛淇變的。然後我就看到了我的手上有長長的指甲，手臂上也都是毛髮。我也驚叫起來，我掀開被子，看到自己全身也都長滿了棕色的毛髮。我也怪叫起來。我越過母猴子，跳到櫃子的穿衣鏡前，我看到了什麼？一個可怕的猴子，在鏡子中對我呲牙裂嘴的叫著，牠尖嘴猴腮，牙齒尖利，呆頭呆腦。我氣壞了，我舉起拳頭開始砸鏡子，全然不顧那些玻璃碎片刺進我的拳頭上，猴子的拳頭上扎滿了玻璃碎片，我感覺不到疼痛。我嚎啕大哭。天啊，天啊，我變成了自己最厭惡的物種。這是一種多麼可怕的懲罰啊……還有沒有天理？還有沒有王法？……

母猴子的叫聲不比我的弱。我再也待不下去了，我衝出臥室，清晨的陽光穿透窗戶玻璃照在屋裡，客廳裡一片混亂。然後我看到了金色的陽光中的那個東西，牠被綁在暖氣片上，一動不動的躺在地上。鼻子上還掛著兩行乾了的血跡。牠一動不動的躺在陽光裡。我想牠應該死去了，但也可能是睡著了……牠又變成了純潔的人身，變成了我們最深愛的孩子。我叫了一聲，然後倒在了地上的玻璃上，昏了過去。

艾麗絲不要醒來

艾麗絲十歲了，她做了一個夢，再也沒有醒來。

她躺在猩紅色的小床上，淡青色的窗簾隨風飄動，金色的陽光照得小房間宛如天堂。這是五月的一天，土黃的麥穗在田裡歌唱，布穀鳥在村子上空盤旋，村民們吆喝牛馬趕去碾麥場。盯著房間那面祖傳的黃色銅鏡，母親哭了好久，鏡中的艾麗絲面色潮紅，呼吸沉重，嘴角流著口水，細黃頭髮緊貼頭皮。小女孩大多時候沉默不語，有時候卻會大聲嘆氣，還會發出囈語、放出響屁、大聲抽泣、歡唱歌曲。

艾麗絲昏睡十天十夜，村裡的巫醫下了斷語。母親一夜白了頭髮，正是麥收季節，丈夫在城市工作遲遲不歸，女兒又染上怪病朝不保夕。隔壁家的狼狗叫個不停，母親無法聽到，她瘦如麻竿，呆坐在翠綠色的籐椅上，像個千年木乃伊。大姐端來一大碗餃子，母親只吃下去半個。大姐眼睛通紅，走到院子裡，抓起一把鐮刀，蹲到磨石旁，「刺啦刺啦」的磨起來。她把粗黑油亮的頭髮辮子甩到腦後。

韭菜雞蛋餡的香氣直灌鼻孔，艾麗絲的肚子轟隆直響。小女孩嚥口唾液，循著香味，雙手在桃木小桌上亂摸。筷子掉在地上，瓷碗歪在一旁。艾麗絲吞掉所有餃子，還是感到飢餓。小女孩走下床，拿起瓷碗放進嘴裡，又蹲下來吞掉桃木小桌。

艾麗絲的身軀變得龐大，還是覺得飢餓難忍。做夢總是耗費太多體力。艾麗絲吃掉了祖傳銅鏡、鐵製小床、猩紅色被褥、淡青色窗簾、窗戶上的三根鋼筋和九塊窗戶玻璃，還是飢腸轆轆。艾麗絲吞掉了翠綠色籐椅和籐椅上坐著的白髮母親，最後又吞掉十塊天花板、白灰牆壁和水泥地板。

艾麗絲變成了小巨人，眼睛卻還沒張開，就像被針線緊緊縫住。

大姐腦後發癢，伸手一摸，一個比蛇還膩滑的怪物正在舔食髮辮。大姐驚叫一聲，身子已被捲在半空。大姐用磨好的鐮刀砍向怪物。幾滴黏稠的液體流出來，大姐跌在地上，股骨摔得粉碎。大姐慘叫著回頭望，艾麗絲的小房間已經不見，一個龐然大物擋住了太陽的光線。她彎腰撿起大姐，填進一公尺長的大嘴巴。大姐胡亂揮舞鐮刀，還是被吞進肚子。

然後，艾麗絲吃掉家裡所有的東西：梨木衣櫃和冬天的棉衣、糧倉和去年的玉米大豆、廚房和冒著熱氣的煤爐、家禽和兩頭被騸過的公豬、三間為弟弟結婚蓋起的平房、插著玻璃碎片的院牆。就連豬圈、廁所和裡面的蛆蟲都未能倖免。

幾隻狼狗狂叫著衝過來，撕咬艾麗絲的臭腳丫。艾麗絲把牠們踢到半空，再吞吃到嘴巴裡。幾十年的桐樹把艾麗絲撞倒在地。艾麗絲抓著枝幹，把它們從地裡拽出來，連帶著樹根上的泥塊，吞吃到肚裡。牛馬騾羊四散逃開，也都被艾麗絲捉住填進嘴巴。做夢太勞累，艾麗絲一口吸乾了池塘裡的汙水，那些正在交配的青蛙、飼養的鴨鵝鴛鴦和躲在深水中的鯽魚鯉魚們，也成了艾麗絲的腹中餐。

小女孩開始了歌唱，聲音比夜鶯和百靈鳥還要好聽。

村民們拿著菜刀、斧頭、魚叉和鋼刀衝過來，對著巨人艾麗絲又砍又殺。還有人用獵槍對著艾麗絲的眼睛射擊。艾麗絲被夢中的景象觸動，又跳又叫，一一把村民吞食。艾麗絲吞掉了村裡的房屋、麥場、道路和樹木，又吞掉了村裡唯一的地毯廠。三十一名埋頭坐在機器前工作的地毯女工命喪黃泉。艾麗絲八歲的聰明弟弟，剛剛背誦完「鋤禾日當午，汗滴禾下土。誰知盤中飧，粒粒皆辛苦」，就被艾麗絲捲舌吞進肚子，他的老師、同學、教室和兩層的教學大樓都成了陪葬品。

艾麗絲最後吞掉的是金黃的麥田和肥沃的黑土地。灰色的墓碑也被吞掉，漆黑的棺材從墳堆裡被掘出來，森森白骨在陽光下直晃眼睛。艾麗絲什麼都看不到，卻依靠靈敏的嗅覺率先吞下自家祖先的白骨。只是出於飢餓，艾麗絲才吞下別的棺材和白骨。

艾麗絲最喜歡自己家族，在肚裡為祖先們留出最好位置。母親、大姐和弟弟成了皇親國戚，在金色的宮殿裡，受到最高的帝國禮遇。他們是她夢中戲劇的主要角色，而艾麗絲則是演出的總設計師。

小女孩開始了發育，先是長出了乳房，然後皮膚變得光滑，毛髮變得油亮，臀部變得肥大。艾麗絲嗷嗷怪叫，下體噴射紅色尿液。洪水淹沒了鄰村，人們四散逃亡，更多的人葬身在艾麗絲的腹腔中。

隨著夢中節拍，艾麗絲嘴裡哼著進行曲，又吞下鄉鎮、城市。記者們拿著攝影機和相機拍下艾麗絲的暴行，他們和器材都進入艾麗絲的腸胃。軍隊司令指揮將士發射炮彈，艾麗絲拔出山脈，用力揮舞。山脈的碎片墜到地面，將士們哭叫著被砸成肉醬，血流成河。艾麗絲趴在地上，吸吮血液。軍隊司令舉著戰刀刺向艾麗絲的眼球。艾麗絲站起來，軍隊司令小得像螞蟻，他渾身發抖，怪叫著升入半空。在掉下的瞬間，軍隊司令被艾麗絲吸入口腔。

艾麗絲坦胸露乳，行走在黑色大地。

艾麗絲吞下郊區、小汽車、公車、看板、市政廣場、電視塔、博物館、紀念碑、辦公大樓和火葬場。市民們四散逃竄，艾麗絲放出臭屁，市民們紛紛暈倒，艾麗絲伸出長舌頭，一一把他們舔進嘴巴。工廠裡冒著濃煙，老闆出逃前點燃廠房。外地來的工人哭爹叫娘，廠房外的大門緊鎖。艾麗絲正在沉睡，突然聽到有蒼老的聲音喊叫自己的名字，趕忙放下吞了一半的摩天大樓，站在半空中噴灑尿液。黃雨澆滅了大火，工人們的

22

屍體在水面漂浮。有幾個工人爬上工廠的煙囪，等待洪水的退去。依靠靈敏嗅覺，艾麗絲嗅到父親的氣味。捏住爬到最高處的父親，夢中的艾麗絲聽到他的哭叫。父親每年回家都為艾麗絲帶回禮物：有時候是漂亮的紅裙子，有時候是糖果廠出產的黑色巧克力，惹得村裡的小女孩們眼熱心生嫉妒。一滴熱淚從艾麗絲緊閉的眼睛中滾出來。她用力親了親父親的身體，然後吞嚥下去。她小心翼翼，唯恐鋒利牙齒碰傷父親。

艾麗絲吞下整個城市，還是覺得飢餓。做夢耗費艾麗絲太多元氣。公路、群山、河流、花朵、鳥類、煤礦、植被、野獸、飛禽、地下石油和金銀銅鐵礦也進入艾麗絲腹腔。她吞掉身邊的一切，就連朝露、浮塵、白霜、潔雲、狂風、雷電、暴雨、冰雪、颶風、地震和火山也沒逃脫。

我們的艾麗絲成了女巨人。一架波音787夢幻客機在艾麗絲耳邊哼嚀，艾麗絲伸手捏住這隻小鳥，塞進大嘴巴裡咀嚼起來。飛機上的三十三名機組人員和四百一十四名乘客一下子墜入谷底。後來艾麗絲又吞掉日本、印尼、撒哈拉沙漠、阿拉伯半島、歐亞大陸和南北美洲。

在她身後，世界成了荒涼、廢墟、黑暗和絕對的虛無。

艾麗絲的身軀不斷長大，她的夢更加精妙繁複。沒有亮光，那些夢毫無色彩。艾麗絲嘆口氣，決定吞食日月星辰。她先吞掉大熊座，因為它最肥胖。她又吞掉了金牛座，然後是二十八星宿，然後是其他閒雜星座。在吞食月亮時，艾麗絲遇到了困難。月亮敏感多疑，像嬌羞的新娘，總喜歡躲在彩雲後面。花了大半夜時間，艾麗絲才吃掉所有的彩雲。月亮掛在光禿禿的蒼穹上，孤單得像個沒媽的孩子。艾麗絲看不見，卻在夢中感到水一般的憂傷。她雙手捧著月球，月光冰冷似劍，刺穿了艾麗絲的睡眠。艾麗絲吞下嫦娥、吳剛、小兔子、月桂樹和他們棲居的家園。

艾麗絲從沒想到，吞下太陽會如此困難。太陽駕駛著六匹白龍馬拉著的金車，艾麗絲在後面緊緊追趕。白龍馬噴射毒火焰，艾麗絲焦渴難耐，她一口吸乾了大西洋，又一口吸乾了印度洋。大西洋和印度洋的水不夠喝，艾麗絲就跑到北冰洋，吞下所有冰川後，艾麗絲繼續追趕。太陽揮舞毒火杖，漫天的火焰有八百公里長。艾麗絲噴出史前洪水，洪水淹沒了地球，也淹沒了太陽、白龍馬和金馬車。艾麗絲逮住了太陽，把它捧在手掌心。太陽最後一搏，甩出毒火杖，雖然緊閉雙眼，艾麗絲的左眼球還是被燒成碎片。

強忍著劇痛，艾麗絲吞下太陽和它的隨從們。不久，黑暗的天空又一道金光射出，緊接著，太陽駕駛著金馬車又在天空出現。睡夢中的艾麗絲覺得分外奇怪，自己並沒從肛門拉出太陽，太陽還好好的待在她的胃液中呢。唯一不同的是，駕駛金馬車的這次是六匹黑龍馬。來不及細想，太陽就駕駛著金馬車朝艾麗絲衝過來，他揮舞著毒火鞭，黑龍馬噴出漫天的毒火焰。艾麗絲早有防備，她吸乾了太平洋的水，朝太陽和它的隨從們噴去。太陽舞動毒火鞭砸向艾麗絲，艾麗絲拔出聖母峰抵擋。他們大戰了九百九十九個回合，太陽終於體力不支倒在地上。在被吞下的瞬間，太陽甩出毒火鞭，砸碎了艾麗絲的右眼球。艾麗絲總是閉著眼睛，在現實中跌跌撞撞，所以並沒感到有任何的損失。

吞下另一個太陽後，整個世界一片黑暗。又過了很長時間，天空再也沒有太陽出現。艾麗絲聽說太陽有九個弟兄，不過這可能只是傳說。小女孩太勞累，工作了那麼久，一直還沒休息。她倒在地球上，頭枕青藏高原，腳踏大洋洲，屁股放在巴爾幹半島上，雙手淋在尼加拉大瀑布中。

艾麗絲睡得香甜，夢中景象讓她沉醉不醒。

又過了好久好久，艾麗絲的軀體開始腐爛，先開始是五臟，後是六腑，再後來是軀體和腦袋，最後爛掉的是子宮。太陽、月亮、星宿、天空、大地、海洋、山脈、城市和鄉村重新顯現，親人們離開金色宮殿，雖有不捨，卻也無奈。人們從夢境中走出來。他們載歌載舞，歡慶新生。

艾麗絲不要醒來

這是艾麗絲的夢，一直讓艾麗絲陷入昏睡的夢。如今，夢想變成了現實，艾麗絲卻不再醒來。

天馬

22

有一天，我遇到了一隻天馬。她想讓我把她的故事寫出來。

好吧，你的故事是什麼？

我的故事是我很愛你。

然後呢？

然後就沒有了。

沒有了？

對，沒有了。

我們哈哈大笑。

金色的太陽照著我們。周圍都是美麗的白雲。我不知道這是哪裡。我也不想知道這是哪裡。最重要的是，這是我生命中最放鬆的一天。

我知道很多的故事：人的、動物的、神的、鬼的、魔的、巫師的，我卻從沒聽說天馬的故事。我也沒見過天馬。我敢打賭，你也一定沒見過天馬。雖然你在電影和畫中見過他們。但你一定想不到，和真實的天馬相比，那些都是垃圾，不值一提的玩意。

雖然天馬和地球上的馬大小差不多，但牠們全身純白，額頭上還長著一個長長的角，馬背上長著一對長長的翅膀。而且，當我待在天馬身邊的時候，我能感覺到牠對我全心全意的愛。這種愛不是人類之愛，牠沒有控制，沒有期待，只是全心全意的希望我好。

可你真的愛我嗎？我盯著天馬的眼睛，它竟然是紫色的。

是的，我的孩子。天馬眨著自己寶石藍顏色的眼睫毛。這是我見過的最漂亮的眼睫毛。

我不相信你的話。我眨了眨眼睛，打了個哈欠。我不能太長時間盯著牠漂亮的眼睛。那裡有魔力，我怕自己改變主意。

這是真的，你毋須懷疑。天馬抬起自己純白色的蹄子，朝前走了兩步。風吹著周圍的雲霧，牠幾乎快要被雲霧包圍了。牠可不能離開。

不，我不相信，你必須證明給我看。我叫的嗓音這麼大，還渾身顫抖著，這大大的嚇了我一跳。不過精神高度集中的時刻，我無暇顧忌身體的變化。

你想要什麼？

天馬盯著我的眼睛。牠彷彿猜到了什麼。

你的角，你額頭長長的角。我舔了舔嘴唇，用最溫柔的聲音說出我的要求。我不能放過一個大獵物，不然我一輩子會生活在悔恨之中。這種人間沒有的東西，一定能賣一個好價錢。

如果你真的喜歡，你可以把它拿走。天馬紫眼球中的光芒沒有絲毫的變化。好，君子一言既出，駟馬難追。成交，不過你可不要後悔！我迫不及待的想要得到寶物，卻故意壓住自己的心性，一定要讓牠把話說死，省得到時候後悔。

我愛你，所以我願意為你做任何事情。

謝謝你的愛。現在是你證明的時候了。我叫喊著，從口袋裡掏出一把翡翠刀。它是我的一個寶物，用天上的翡翠做成，削鐵如泥。我撲過去，雙手緊緊握著天馬的神角。我的雙手感受到一種輕微的振動。那支白色的角，還在向外發射光芒。我的雙手變得透明，然後我的全身變得透明。天馬用牠紫色的眼球看著我。我感覺全身都被紫色的光籠罩著。我覺得非常的喜悅，有一剎那的時間，我想要放棄割掉神角的想法。牠那麼美，純潔，牠應該擁有完整的身體。

我跪在天馬的身邊，流著眼淚。我痛恨自己竟然如此無恥，如此下流。對於一個天上的寶物，我竟然用人類的卑鄙手段來獲取。我罪不可饒恕。我應該被投放在地獄的烈火中燒煉。既然我的命運已經被決定了，我就順從而不逃避，所以我跳上天馬的背，把翡翠刀放在角上，一隻手抓著神角，一隻手用力的切割。

天馬

天馬疼得渾身抽搐，陣陣戰慄順著我的身體傳到我的心和雙手。我都看見牠紅色的眼淚，順著眼睛流出來。一旦犯了錯，就無法回頭，只能拿著刀子，繼續切下去。

天馬怒吼起來。牠帶著我飛到空中。

我不管不顧，繼續切割，直到我的左手拿著夢寐以求的神角。我看了又看，然後把神聖的神角，放入我背上的包裹中。從切開的傷口中，大量紅色的液體冒出來。天馬悲憤的叫起來。因為失去平衡，牠的飛翔並不穩。牠左右搖晃著，我盯著雲霧中的山川，它們已經小如米粒。飛馬在天空左搖右晃，我天旋地轉起來，也許牠想把我甩到地上摔死吧。

求生的本能讓我緊緊的抓著牠背上的毛髮。有一個時刻，我的身體往後滑動。然後我拉著牠的馬尾巴。牠一個翻滾，我的身體緊貼著牠的屁股。出於一種奇妙的安排，我的某個器官進入了她的身體。

我感覺到了牠深深的顫抖和戰慄。我覺得這種感覺我很熟悉。彷彿我和牠有過很多次這種事情。她又大叫了好幾聲，聲音說不出來是歡愉還是悲痛。我閉上了眼睛，眼前浮現出兩隻純白的天馬在天空中飛翔，牠們的翅膀遮天蔽日，牠們的叫聲帶著極度的喜悅。牠們純潔如雪，身輕如燕，整個天空都是牠們幸福的聲音，牠們纏繞在一起的圖案是一個美麗的「工」字型。天空中還出現很多別的鳥，喜鵲、百靈鳥、孔雀、鳳凰、鷹等，牠們圍著那兩匹天馬飛翔、鳴叫，一起唱和牠們的叫聲……

我們飛過高山，飛過草原，飛過大海，最終天馬帶我降落在一片海島上。我叫了一聲，離開了天馬的身體。海風吹著我的身體。我穿上褲子，有點不知所措，我不明白發生了什麼。身體的歡愉讓我不忍離開。天馬轉過身來，用牠沒有神角的腦袋摩擦我的脖子。

沒有了神角，我覺得牠變醜很多。我推開牠的腦袋。貪婪的心再次讓我不顧天馬的傷痛，我又切掉牠的兩片翅膀，割掉了能除百病的天馬尾巴，我最後挖掉的是牠那雙紫色的眼睛。當然，這一切都是徵得牠同意的前提下做的，我從來不會勉強別人做他們不喜歡的事情。

我本來還想要牠那顆白色透明的心。但天馬說那是牠唯一不能給我的東西。

所以，你說愛我的話根本就是假的了。

我嘆口氣，轉過身子，有一滴眼淚掉在地上。想一想，我這麼相信的東西，最終被證明還是假的。

這世上再也沒有能信任的東西。

不，我是愛你。但我不能給你我沒有的東西。牠的雙眼變成兩個大血窟窿，血順著長長的臉頰往下滴淌。牠眨動著自己已經被染成紅色的眼睫毛，幽幽的說著。

你的心在哪裡？

我把我的心送給我最愛的人。他把它變成了一顆星球。沒錯，就是你生活的星球。我的心充滿喜悅、豐盛和愛的祝福。但在這麼多年和我的分離中，卻逐漸變得枯萎、乾涸，滿目瘡痍，充滿創傷。孩子，就像我此刻的身體。我愛你。我永遠的祝福你，不管我變成什麼樣子。我對你的愛永遠不變。請你帶著我的祝福，帶著我的器官，帶著我的身軀，回到你所在的星球，請你把我所有的愛和器官，送給我的心，送給我心上所有的生靈們……

我不相信牠的話。我覺得牠是個瘋子，要不就是個騙子。但我管不了那麼多。我的時間很寶貴，我不能把無用的時間浪費在一匹沒有眼睛的馬身上。

所以我就用翡翠刀，把那匹因為流血變得又醜又髒的老馬肢解開來。遵照牠的吩咐，我把所有的器官都裝進一個白色的袋子裡，連地上的碎肉塊都沒留下。我腳下的沙子變得殷紅。為了不浪費天馬的一滴血，我把這些殷紅的沙子也裝進口袋裡。

我拖著那個白袋子，慢慢的朝家走。海水擊打著海岸，發出陣陣怒吼聲。天空也變

22

得像墨水一樣黑。一定是要下雨了吧。我需要在天黑前趕回家。我答應過天馬，就不能讓牠的器官被風颳、被雨淋。

天上出現了一群鳥，有喜鵲，有百靈鳥，有鳳凰，還有鷹。牠們朝我飛過來。牠們在我頭上拉屎、投擲石塊和高聲鳴叫。遠處又響起一聲炸雷。紅色的血順著袋子的一角滲出來。我內心祈禱天馬保佑我。一道閃電劃破天空，那些鳥們飛走了。

我用心的對天馬祈禱：如果你愛我，請你保佑我平安歸家。

然後，我拖著那個已經變髒的白袋子，慢慢往前走著。雨水如墨汁一樣傾灑下來。

花

22

在Ｖ星球，人們正舉辦慶祝豐收的舞蹈，到處都是歡聲笑語。一陣尖利的聲音傳來，到處都是爆炸的血腥畫面，韓孔帶著部隊，開著飛船，來襲擊Ｖ星球。因為武器精良，很快他們就占領了Ｖ星球。韓孔搶奪了Ｖ星球上的無價之寶——一本記錄宇宙所有祕密的書。他奮鬥了一生，就是要找到宇宙的祕密。因為多年的尋找和戰爭，韓孔已經失去了一隻手臂，一條腿和一隻眼睛。

韓孔懷著激動的心情，打開書，但裡面什麼都沒有，只畫著一盆開著紅色花朵的植物。韓孔和他的專家團百思不得其解。他們找到Ｖ星球上的女巫，女巫說她也不知道，除非能找到龍教授。

女巫打死都不說出龍教授的位置，除非韓孔願意殺死自己的老婆小雪。小雪跟著韓孔多年，兩人青梅竹馬，出生入死，感情深厚。

但為了解出宇宙的祕密，韓孔親手殺死了小雪。女巫說出龍教授在Ｏ星球。

為了攻占Ｏ星球，韓孔和他的手下付出極大的代價。他們抓到了龍教授。和女巫一樣，龍教授也說知道祕密的只有一個叫風的女人。至於她在哪裡，龍教授也打死不說。

為了了解宇宙的祕密，韓孔割掉了自己的生殖器，這也是龍教授的要求。

「風在Ｉ星球。」說完這句話，龍教授就死了。

攻占完Ｉ星球後，韓孔的手下損失大半，韓孔瘋狂的行為讓部下驚恐，大部分部下離開他，駕駛飛船回到了故鄉土星。

韓孔確實找到了風，但風說只有孟同才知道宇宙的真正祕密。她也打死不說孟同在那裡。韓孔割掉了自己的一個腎、一個肝、一個肺，風才說孟同在Ｄ星球。

殺死了那些剩下的部下，韓孔駕駛著飛船，飛往Ｄ星球，他克服了重重困難，因為飛船上的武器已經用光，韓孔進入Ｄ星球，靠乞討活下去。有個小女孩把他帶到了孟同修行的禪院。

孟同看著他，眼中露出悲傷。他勸韓孔不要再去追查。但韓孔已經付出了那麼大的代價，他一生的使命就是找到宇宙的祕密；如果他無法實現這個願望，肯定會死不瞑目。

「你要找到宇宙的祕密，一定要付出極大的代價。你何必這麼做呢？閒時看天，忙時勞作，難道不是很美好的生活嗎？」

「不，不，我只要知道宇宙的祕密！」

一隻手、一條腿、自宮過的獨眼龍韓孔先生，跟著孟同在Ｄ星球的星星禪院中生活很多年。孟同禪師教會他冥想、持咒、大跪拜和五加行，帶他去見孟同禪師的小女孩都長成了亭亭玉立的大女孩，還結婚生了孩子，等孩子上小學的時候，韓孔先生還是堅持不懈的要了解宇宙的祕密。

在極度的絕望和痛苦中，韓孔不斷勉勵自己繼續探索宇宙的真相。那朵美麗的花兒，有時候是含苞欲放，有的時候是全然綻放，有時候是殘缺敗壞，在他夢裡出現很多次，每次形象都是不同。

最終，孟同禪師被打動。他躺在床上，知道自己圓寂的日子快要到來。他叫韓孔到身邊。

「你真的要知道宇宙的祕密？」

「你知道為了這個，我付出了多大的代價。」韓孔睜著獨眼，眼睛中放著光，牙齒上寒光閃閃。

「只有死，你才能知道這個祕密。」

韓孔睜著眼睛，看著孟同。孟同又點了點頭。韓孔拿起桌上的刀子，把自己的腦袋割了下來，然後用自己的獨手，遞給了孟同。那隻獨眼一直熱切的望著孟同。

「我定不辜負你的期望。」

孟同說完這句話。韓孔的獨眼才合上，脖子上的鮮血衝開屋頂，噴到天空，他的身軀轟然倒地。

星球上下起了暴雨，三天三夜都沒有停止。

很快，孟同也圓寂死去。因為修行的功法深厚，孟同的靈魂施展法術，帶著韓孔的靈魂飛行很久，終於跳出宇宙的邊界。

韓孔的靈魂終於看清了整個宇宙的相貌。他哈哈大笑。孟同也陪著他哈哈大笑。宇宙的身軀上鑲著幾個英文字母：VOID，還有幾個中文字：空無。

那朵花盛開得那麼豔麗，它透明的身軀中布滿了那麼多的星系和星球。

韓孔了解了宇宙的祕密，他的靈魂得到解脫。他閉上了眼睛，倒在了虛空中。

那朵美麗的花兒掉下一片花瓣，它輕輕的裹著韓孔的靈魂，落在了地上。

22

地球母親

遠古的時候，世界上並沒有太陽，當然也沒有黑暗，整個世界都在明亮之中。人們長著翅膀，在絢麗多彩的天空中飛舞。天空中充滿了五顏六色的光。因為到處都是光明，食物也很豐美，人們相互幫助，從來不知道痛苦和憂愁是什麼滋味。

有一天，一個惡魔來到這個世界，他被無限的光刺得眼睛發疼。因為他的心充滿黑暗，所以她見不得光明。她假裝昏倒在地上。即使她不假裝，她也差不多要昏倒了。因為光明強烈的光，就像箭一樣射在她的皮膚上。她的皮膚開始潰爛，黑色的毒液向四處散播起來。

她痛得呼天搶地。人們跑了過去，幫助別人解除痛苦，從來就是這個星球人們的本能。他們跑到她的身邊，驚訝的看著這個外鄉人。他們本性淳樸，從來沒見過這麼痛苦的人，也沒見過這樣淒慘的事情。他們善良的天性，就像七彩光一樣，從心中擴散出來。他們攙扶著這個傷心哭泣的女人，她已經閉著眼睛，假裝昏死過去。更多的光照射在惡魔的皮膚上，更多黑色的汁液流出來，滲透到攙扶她的人們身上。他們身上本來散發著七彩的光芒，此刻，都黯淡了很多。他們的心感覺到刺心的疼痛。那些毒液，順著他們的皮膚流入血液，再進入他們的心，他們的心被毒液充滿。

即使如此，這些善良的人們，抬著這個惡魔，她哼哼唧唧，說想要躺在樹下。大家把她抬到樹下。剛把她放在地上，她又疼得大喊大叫，比剛才的聲音提高了十倍。有個可愛的小女孩，她長著兩對翅膀，因為太小，她並沒有參與抬惡魔的行動。她的光還是像以前那樣。她開始唱一首光明的歌曲，想用這首歌曲釋放惡魔的痛苦。因為在這個美麗的星球上，這個名叫艾達的小女孩唱的歌曲最好聽。

那歌聲就像天使的夢，閃著無限愛的光芒。人們的心變得光明。毒液產生的毒刺也變弱許多。很多人受到召喚，也跟著艾達一起歌唱，這首歌唱光明的歌曲，帶著無盡的愛與祝福，送給所有聽到他們的人。人們的身體重新變得明亮、純淨，心也不那麼疼了。

惡魔受不了了，她在自己的胸口亂抓，把自己的心掏出來。她的心又黑又臭，刺鼻的味道比一個國家十萬年拉出的糞便都要臭十倍。人們紛紛捂著鼻子。惡魔的黑心，發出嗆鼻的濃煙。人們紛紛咳嗽起來。又有一些人開始嘔吐起來。因為從沒有接觸過惡魔，人們不知道這是惡魔最拿手的本領。那些唱歌的人已經停了下來，只有艾達一個人還在歌唱。她飛動自己的翅膀，讓自己升到半空中歌唱。因為地上的惡臭實在太強了。艾達邊歌唱邊揮舞著自己的小翅膀，希望能為人們送去點點涼風，好抵禦惡臭刺鼻的味道。

惡魔的黑心還發出濃濃的黑煙，遮天蔽日。艾達為了不讓自己被濃煙包圍，只好扇動著小翅膀，越飛越高，她仍舊用全部聲音歌唱光明，但因為疲憊，因為離地面越來越高，她的歌聲越來越弱，最後只是變成一種哼唱，最後變成一個嗡嗡的振動。人們靜下心來，還是能夠聽到。但在惡魔黑暗的濃煙和刺鼻的臭味中，人們已經無暇閉眼聆聽，也無力抵抗惡魔的入侵。人們已經知道惡魔的陰謀，他們的身體和心靈都被惡魔黑暗的濃煙包圍。

很多人認清了惡魔的本質，他們被悔恨與憤怒包圍，在詛咒中，他們的心變得越來越黑暗。惡魔在黑暗中哈哈大笑。這正是她高明的陰謀。當人們產生憎恨與仇恨情緒的時候，他們的光明就變得越來越弱，心中的喜悅也越來越少。惡魔叫來同伴，他們收走人們的翅膀，就像收走菸草身上枯萎發黃的菸葉。然後，這些惡魔們找來鎖鏈，把人們捆綁起來，用鞭子抽打他們，讓他們去開採金礦，製作金子。惡魔們殘酷的壓榨著受苦的人們，讓他們吃很少的食物，很少的睡眠，讓他們做著豬狗不做的工作。他們在工作的時候，痛苦的呼叫著光明，呼喚著艾達來救助他們。

他們痛苦的聲音直達天庭。艾達因為傷心和失望，早就來到天庭。天庭中充滿五彩斑斕的神聖光明，比地上人們以前經受的光明更強億萬倍。艾達心中的喜悅和光明也遠超過在地上的億萬倍。即使如此，她心中仍然充滿人們悲痛的哭泣和喊叫聲，這些聲音在她的夢中，像一根針一樣扎著她明亮的心，很快，這顆心就充滿千萬個針眼，千瘡百孔。每一個針眼，都代表一個人痛苦的呼聲。

艾達實在受不了了。她前去找到仙人。仙人留著白白的鬍鬚，手裡拿著拂塵，坐在一隻仙鶴上。艾達還沒開口說話，眼淚就像珍珠一樣流下來。仙人自然明白艾達的需求。但他能掐會算，他明白，目前的艾達修行的功力還不夠，還不足以降服惡魔，反而有可能被惡魔俘獲。所以仙人阻止了艾達飛回家鄉的訴求，他傳給艾達一套降魔功法，但需要練習七七四十九天之後，就能功德圓滿，下到凡間，消滅惡魔，讓世界重現光明。

那個最大的惡魔，也就是最先迷惑大家的惡魔，她的名字叫不見天。有一個晚上，她和同伴痛飲人血釀成的美酒之後，她的魂魄進入縹緲的仙境。在霞光飛舞中，她看到艾達在練習一種功法，她因為有眼功，她看到當艾達練成七七四十九天功法後，艾達就和光明合一，所有的惡魔都會被她消滅。

這太可怕了。惡魔醒來，嚇得渾身顫抖，魂飛魄散。但她一向詭計多端，所以她很快就穩定下來，想出一個又一個惡毒的陰謀。她命令那些惡魔們，開始對他們統治的奴隸展開殘忍的折磨：讓他們永不停息的工作，也不給他們食物和水，任由他們像禽獸一樣自生自滅；這並不是最狠的計畫。惡魔假意放走一些奴隸，然後惡魔們帶著狼狗，帶著弓箭，開始向四處逃竄的人們射出弓箭，很多人就這樣死在這些惡魔的手中。這並不是最狠的計畫。她和同伴把很多人趕到海水中，他們召喚狂風，看著這些人在海水中浮浮沉沉，她們開心的拍手大笑。這並不是最狠的計畫。她還抓到很多婦女和老人，把她們放在火上燒烤。那些痛苦的女人們的哭泣聲，就像雷一樣，在四面八方傳遞。

正在練功的艾達，睜開眼睛，看到下方惡魔們殘酷的遊戲。她明白這是惡魔逼她回到凡間。她想起仙人的教誨，如果不到七七四十九天，她下到凡間必死無疑。現在她才練了三七二十一天。現在還不是下去的時機。那些惡魔們膽大包天，詭計多端，如果此刻艾達下去，只能毀滅自己。但那些人痛苦的叫聲實在太大。

艾達決定不管三七二十一，即使獻出自己的生命，只要能解救水深火熱的人們就好。她一個人揮動著金色的翅膀，離開五彩的國度。如果她去告別，仙人一定會阻止她。事實上，透過水晶球，仙人已經洞悉艾達的想法，但他還是嘆了口氣，繼續閉上眼睛陷入虛無之中。

艾達飛回人間，她割掉自己的翅膀。翅膀扇動颶風，吹翻了惡魔的老巢。惡魔和同夥們跑出來，向艾達噴射毒液。艾達用自己的心發射出強烈的光，這些光如火球一般穿過惡魔的身體。如果不是他們厚厚的盔甲的保護，這些惡魔都會化成灰燼。惡魔們躲在樹洞，向艾達噴射毒箭。這些箭像導彈一樣射向艾達。她繼續發光，光帶著強烈的波動，讓這些毒箭偏離軌道。

他們戰鬥了很久。每一方都想消除另外一方。每當一方使出一個武器的時候，另外一方就用更大的魔力，摧毀這個武器。三天三夜過去了，他們的戰鬥還是不分勝負。天搖地動，火山爆發，地震和颶風在星球上跑動著，還有瘟疫和洪水，在大地上流竄。生靈塗炭，無數的人被燒死在火海中，還有無數的人被地震和狂風毀壞，更有無數的人成為瘟疫和洪水的腹中物。更多的洪水四處蔓延。整個星球炸成兩半，更多的人被災難毀滅，人們呼喚著艾達的名字。星球變成更多的碎片，人們再也沒有安身之處。更多的人跟隨著星球一起毀滅。就連一些惡魔也被星球碎片碾碎成粉末。

戰鬥中的女英雄艾達聽到了大家的呼喚，精疲力竭的她倒在地上。她的身軀開始變大。洪水流經她的身體。那些在洪水中的人們抓住她的身體和衣裙，在洪水中倖存下來。

人們呼喚艾達的名字。她用自己微弱的聲音唱最後一首歌。所有倖存的人，都跟著她一起歌唱。還有很多活下來的動物，老鼠、猴子、大象、喜鵲、龍和獨角獸，也跟著她的聲音一起吟唱。

那個最厲害的惡魔並沒有死去。她墜入無間的黑暗地獄，元氣大傷，但她依舊醞釀著吞沒所有人類的計畫。

因為失去最愛的高徒，仙人悲傷不已，他打破常規，從天而降，想要救活艾達。艾達的身軀還在長大。仙人警告艾達的身軀不要再長大，因為每生長一分，艾達的能量就耗損一分。但仙人的警告產生不了作用。星球已經毀滅，艾達決定用自己的身軀重建一個星球，一個充滿光明和愛的星球。

艾達的身體越來越大，她的乳房成為高山，血液成為河流、湖泊和海水，心臟成為大陸，骨骼成為山地，身軀成為綿軟的土地。她的生命也結束了。

為了紀念這位天使和女神，人們開始叫她為地球母親。她是我們所有人的母親，她愛我們，為了我們的生命，她獻出了自己的生命。

很多年過去了，再也沒有人記得她的付出和犧牲。但她依舊用自己的身軀，承載著後代子孫的生存、希望和夢想。她的愛充滿了光明，而當她疲憊的閉上眼睛睡覺的時候，惡魔的黑暗就開始籠罩住大地。

地球母親

日與夜相互交替。黑暗與光明伴隨著人類的睡眠和清醒。艾達，我們永遠敬仰的女神，感謝您用生命滋養了我們所有人類和眾生。

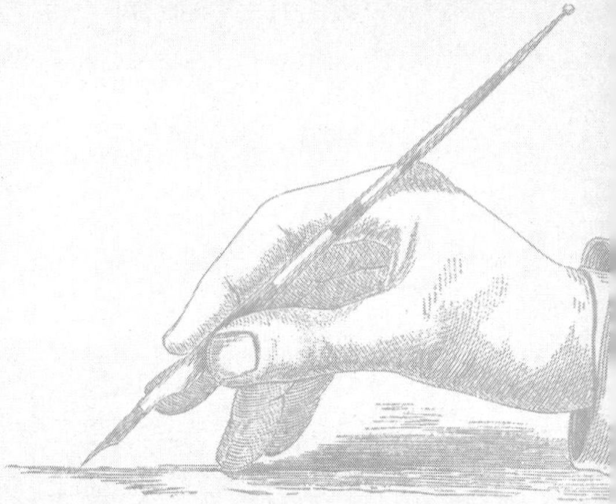

花兒和少女

1

一隻鳥銜著一顆種子，飛進小女孩的房間。牠把種子放進小女孩的杯子裡。小女孩喝水的時候，這顆種子就進了她的胃，生下了根。

王子已經十歲，國王在全球徵選王妃，邀請全世界各地的小女孩都去參加。所有的小女孩都興奮得發了狂，她們都夢想被選上，和王子一起跳舞，同枕共眠。但不幸的是，國王生病了，這一計畫擱淺。很多年過去了，國王的病還沒有好，王子年紀已經很大了，舞會還沒有舉行。很多小女孩都成了老女孩，頭昏眼花，滿頭銀髮，但為了等待王子的舞會，她們執意不嫁，以免失去陪伴王子的機會。

如果這樣等下去，王子也會慢慢死去，所有的老女孩們也會帶著遺憾離世。那個胃裡有種子的小女孩——她叫桃莉絲——決定改變這一狀況。她對胃裡的花兒祈禱，請她幫助國王康復，早日舉辦舞會，解脫大家。

（沒錯，經過這麼多年，那棵種子已經發芽生長開花。胃裡的花兒具有神奇的功效，她不但讓桃莉絲身上永遠散發著花的芬芳，更讓桃莉絲永保青春，多年之後還是小女孩，貌美如花。）

花兒明白桃莉絲的心思，她對桃莉絲說道：

「親愛的桃莉絲，我知道妳很愛大家，但妳要知道，當這顆藥丸出來的時候，妳會衰老十歲。」

桃莉絲不想衰老，但想到王子和女孩們衰老而痛苦的生活，她還是不斷懇求花兒幫助自己。胃裡的花兒嘆了口氣，她拗不過桃莉絲，只好在小女孩的胃裡，結出一顆紅色的小藥丸。桃莉絲從自己的嘴裡吐出來。這顆小藥丸閃現著奇異的紅光。只是一下子，桃莉絲眼睛周圍就出現了皺紋。

她一下子老去十歲。

2

桃莉絲用這顆藥丸治好了國王的病。國王從病床上坐起來，幾十年來第一次感覺精力充沛，他一下子年輕了好多歲。

「親愛的好女孩，妳治好了我的病。無論妳說出什麼要求，我都能滿足妳。」

桃莉絲掃了一眼王子，他站在國王旁邊，剛才就是他把這顆藥丸送到父王的嘴裡，並服侍父親喝下藥丸。王子穿著灰色的禮服，彎腰駝背，面容消瘦，他的容貌依舊迷人，但誰都看得清楚，他已經是個不再年輕的老頭了。而且，他還時不時咳嗽上一陣

2

子，咳嗽的時候，連肺都幾乎要咳嗽出來。桃莉絲愣在那裡想：他連喘氣都這麼艱難，你還能指望他怎麼去跳舞？

桃莉絲一陣難過。那麼多的小女孩懷揣著夢想，等待了這麼多年。現在她們頭髮白了，牙齒掉了，乳房癟了，還有的人中了風，一瘸一拐，走路都這麼費勁，你還指望她們怎麼跳舞？

但桃莉絲記得自己的目的，她堅持請國王舉行徵選王妃的舞會。國王答應了，王子卻不同意了。到了他這個年紀，吃喝玩樂都沒了力氣，他只想靜臥休息，悄無聲息的死去。更主要的是，王子也有自尊心，他不想讓別人看到自己體弱多病、哼哼唧唧的衰樣，他已經多年不再拋頭露面；就連王宮裡的所有鏡子，都被黑色的布緊緊的蒙上了。

國王和王子爭執許久，誰也沒辦法說服誰。為了不讓他們為難，桃莉絲讓胃裡的花兒再次吐出一顆藥丸。胃裡的花兒苦勸桃莉絲良久，她這樣做會再次老去十歲。但為了讓王子的臉上展現笑容，桃莉絲執意讓胃裡的花兒吐出一顆藍色的藥丸。

王子吃下這顆藥丸，一下子變得年輕，英俊的臉上神采飛揚。他盯著鏡中的自己，面露微笑。透過鏡子，他盯著桃莉絲看了很久。他第一次看到桃莉絲這麼美，渾身還散發著陣陣的幽香。桃莉絲的臉上慢慢增長皺紋，頭上也出現了幾十根的白頭髮，但在王子眼裡，她的美無人可以抵擋，就像一潭秋水。王子溫柔的問她的名字，並邀請她來參加舞會。王子甚至還握了握桃莉絲的小手，直到桃莉絲答應下來，他才鬆開手。

3

電視上播放著王子要舉辦盛大舞會的新聞。所有的老女孩都躍躍欲試，但她們太老了，自己都不好意思出去丟臉。她們不知道從那裡聽到了傳聞，都一窩蜂跑來找桃莉絲，索要返老還童的藥丸。她們苦苦哀求很久，流出的眼淚變成一條河。

儘管胃裡的花兒警告桃莉絲很多次，但為了讓這些老女孩們開心。桃莉絲還是不斷的請求花兒幫幫她們。因為她的心地那麼善良，只希望別人快樂，胃裡的花兒也被她深深打動。

「當我每吐出一顆藥丸的時候，妳就會老去十歲。桃莉絲，妳一定要想好了再做。妳要知道，她們很多人不會對妳感恩戴德，更不會記得妳的付出和犧牲。妳不能單單付出，也要考慮一下妳自己的幸福。」

桃莉絲想起這些女人們往昔的美麗，想起夜空的星星，想起花兒的香味，桃莉絲想起了王子的微笑，想起了太陽的光芒。她還是答應了所有這些老女孩們的請求。

吞下綠色的藥丸後，所有的老女孩都變成婀娜少女，輕舞飛揚。她們感謝桃莉絲，帶著甜蜜的笑容離開；而桃莉絲一下子衰老了很多年，她渾身無力，只能找根拐杖扶著走路，她佝僂著背，臉上的皺紋比核桃皮還多。大把大把的頭髮掉下來，整個頭皮只剩幾十根白色的頭髮。

幸虧胃裡的花兒做了手腳，她吐出的綠色小藥丸只能讓桃莉絲老去一歲，不然那麼多人來找桃莉絲，她早就受不了老死過去。即使這樣，胃裡的花兒和桃莉絲一樣瀕臨死亡。她因為吐出太多的藥而耗損神力。胃裡的花兒用自己的法寶，變出最後一顆紫色的藥丸，然後她對桃莉絲說：

「美麗的女孩，這是我能為妳做的最後一件事。這顆藥丸不但能讓妳返老還童，更能讓王子愛上妳。我知道，妳一直夢想著嫁給王子。我祝福妳夢想成真。答應我，親愛的桃莉絲，這顆藥丸妳只能自己服用，再也不能送給其他人。請妳記住，妳的幸福和別人的幸福一樣重要。」

「好的，我記住妳的話了。美麗的花兒，是我害了妳。我知道妳快要死了。」桃莉絲張著沒有牙的嘴巴，嚎啕大哭。

「不，我是不會死的。我的愛與妳同在，生生不息。妳要答應我，當我死了，妳一定要把我的種子埋在花園裡。讓我的靈魂重回大地。」

桃莉絲答應了花兒的請求。花兒在她的胃裡枯萎變小，最後只剩下像小米粒那樣的黑色種子，也被桃莉絲吐了出來。

這棵美麗的花兒，長在桃莉絲的胃裡，已經陪伴她很多年，她們早就成為親密無間的朋友和家人。為了桃莉絲的執念，這朵花兒犧牲了自己的性命。半是愧疚，半是傷心，桃莉絲為花兒流出一個湖泊那麼多的淚水。

4

桃莉絲拄著拐杖，帶著這顆種子，來到屋後的花園裡。她在朝陽的地方，用鏟子挖出一個很大的圓坑，桃莉絲躺在圓坑裡，感受大地的溫暖。她覺得這個地方很舒服，正是花兒想要的地方。桃莉絲依依不捨的掏出那個黑色的種子，用乾癟的嘴唇親了又親，這才依依不捨的把黑色的種子埋在地下。桃莉絲深深的感謝花兒一直對自己的陪伴和照顧，感謝她幫了那麼多人實現夢想，她祝福花兒扎根大地，開出更多美麗的鮮花。

桃莉絲拿著那顆紫色的藥丸，把它填進嘴裡，在她要嚥下去的時候，有個瘸腿老女孩來找她。她是屠夫的女兒，從小就患有小兒麻痹，一直不能走路；後來年紀大了，又中了風，腦部堵塞了，話也說不清楚。她的兩個手掌心都爛了，可憐的她是爬著來找桃莉絲的。她嗚嗚呀呀，跪在地上，向桃莉絲磕頭，請求桃莉絲幫助自己。

桃莉絲知道她要什麼，但她想起花兒的警告。桃莉絲想要置之不理，但那個老女孩一直在哭，又是鼻涕，又是眼淚，哭得桃莉絲一陣心酸。無奈之下，桃莉絲只好把嘴裡的紫色藥片吐出來，然後掰成兩半。桃莉絲把一半的紫色藥片遞給老女孩，但她根本不接這半顆藥丸，還把頭搖成波浪鼓，她大聲嚷著，誰也聽不清楚她在說什麼。但從她的動作中，桃莉絲看到她想要獨吞整顆紫色的藥丸。

她從小就沒得到過父親的寵愛，因為小兒麻痹症，她拄著拐杖走在路上的時候，還會被惡作劇的孩子一次次的推倒，遭受辱罵，心變得寒冷無情；長大了，她還被幾個壞男人勾引，做了不少傷風敗俗的事情，被父母趕出家門，整天和一幫乞丐混在一起，不知道過了多少痛苦的日子，現在聽說桃莉絲有返老還童的神藥，這幾乎是她獲得幸福的最後一次機會。

她想要被萬人敬仰，她想要和王子一起跳舞，她想要王子的求婚，她想和王子舉行盛大的婚禮，她想要從此以後他們過著快樂幸福的生活……

桃莉絲很能理解老女孩的願望，但她也明白，這也是自己內心深處的渴望。為了這個美麗的夢想，桃莉絲也苦苦等待了幾十年。現在是她離夢想最近的時候，她不能允許別人破壞她的夢想。捨己救人的事情她做了多次，這一次她要自私一點，允許她為自己的幸福而不做出犧牲。

所以當老女孩連半顆藥丸都不要的時候，桃莉絲就把那半顆紫色藥丸收回。老女孩一下子傻了眼。她一直聽大家講桃莉絲多麼善良，是活菩薩轉世，她為了別人的幸福可以捨棄自己的幸福，但沒想到她竟然來這麼一手。憤怒就像狂暴的風一樣把老女孩捕獲，她爬過去，搶奪桃莉絲手中紫色的藥丸。

桃莉絲也沒想到她竟做出這種事情，為了自己的幸福，執意不給。她們在深坑裡翻滾，打來打去。她們年紀都很大了，一個瘸著腿，一個渾身無力，但為了年輕時候最美好的夢想，她們拚了命的爭奪那片藥丸。在殘酷的命運女神安排下，她們一人搶到半片紫色藥丸，都趕忙吞到嘴裡嚥下。

奇蹟很快發生。老女孩一下子變成了妙齡少女，連殘缺的左腿也恢復了正常，而桃莉絲還是那個老態龍鍾、快要死去的老太婆，雖然她的身體散發的香味比剛才還強一百倍。

羞辱了桃莉絲一頓後，老女孩哈哈大笑，揚長而去。她再也不記得過去的痛苦，只想著早日趕往城裡參加舞會。她想像著她和王子翩翩起舞，王子跪下向她求婚，而她則享受眾人萬眾矚目的幸福目光。

5

桃莉絲哭了很久，眼淚都流成了海洋。她把自己埋在土裡，想要悄無聲息的死去。但仙女們不允許她這麼做。她們唸動咒語，把桃莉絲從土裡救出來。她們幫助桃莉絲變成高貴的千金小姐（雖然她還是這麼老），並將老鼠變成白馬，將穿山甲變成馬車夫，她們又變出一套漂亮的衣服和一雙玻璃鞋讓她穿上。

「也請妳們把我變得年輕漂亮一點吧。」桃莉絲向仙女們請求道。

仙女們面面相覷。最後一個最年輕的仙女說道：「桃莉絲，這是不被允許的，雖然我們很願意幫妳，但真的很抱歉，這超出了我們的範圍。」

桃莉絲知道參加舞會的都是年輕貌美的少女們，而像她這樣的老太婆去到舞會上，只能獻醜丟人遭受屈辱。但這事她說了不算。一陣狂風捲著她進入馬車，馬車夫甩動鞭子，白馬馱著她飛行在空中。整個村落和城市都在腳下。

桃莉絲嚇得閉上了眼睛。

6

等桃莉絲睜開眼睛的時候，她已經坐在王宮的椅子上。四周都是妙齡少女，而只有她是唯一的年老色衰的女人。王子在人群中一眼認出了她，他朝桃莉絲走了過來。在眾人的驚嘆聲中，王子站在桃莉絲面前。桃莉絲害羞的低下頭，她從沒想到自己會有這樣的幸運。王子舉起了手，邀請桃莉絲——不，不是桃莉絲，真的不是桃莉絲——旁邊的那位女孩站起來跳舞。桃莉絲認出了那女孩正是屠夫的女兒。她吃了那半顆紫色的藥丸，不但返老還童，還變成了一個美麗的少女。

桃莉絲悲痛欲絕，恨不得當場死去。不久之前，王子還緊緊拉著她的手，請求桃莉絲一定來參加舞會，現在他已經認不出面前的老太太，就是昔日心儀的少女了。

王子和屠夫的女兒翩翩起舞。所有的女孩都哭了起來。而屠夫的女兒笑得那麼開心，這是她人生最幸福的一天。

故事很平淡，根本沒有出乎大家的意料，王子跪下向屠夫的女兒求了婚，她想都沒想就點頭答應。她成了世界上最幸福的女人。

最年長的女人桃莉絲坐在座位上流著眼淚。她是那麼的傷心，不但要看到最討厭的女人夢想成真，還要一直坐在座位上遭受屈辱而不能逃掉。桃莉絲祈禱仙女們現在讓自己死去。

沒有了王子和她的愛情，她的餘生實在不值得再活下去。

7

「妳能陪我跳一支舞嗎？」

不知什麼時候，國王來到桃莉絲面前，伸出右手，邀請桃莉絲來跳舞。經過紅色藥丸的加持，國王雖然年齡已經一百多歲了，但他的容貌還像三十歲那樣英俊年輕。桃莉絲從沒想到有這樣的事情發生。她不知道該怎麼應答為好，她所能做的事就是站起來，這是她唯一能做的事情。

現在，年老的桃莉絲取代了屠夫的女兒，成為全場的焦點。樂隊指揮氣壞了，他的女兒也來參加舞會，但國王和王子連看都沒看她一眼。現在這個老不死的老太婆竟然被國王邀請跳舞。樂隊指揮氣呼呼的指揮樂師們彈奏一首非常歡快激烈的舞曲。

「國王，請你原諒，我不能轉得很快，不然我喘不上氣來。」桃莉絲向國王請求道。對於一個一百多歲的老太太來說，跳舞和轉圈真是要了命的事情。

「噢，抱歉，我沒注意到您年紀都這麼大了。」國王彬彬有禮，馬上命令樂隊換成一首輕柔的舞曲。

「您一定是救過我的桃莉絲女士，我只是沒想到您變得這麼老了。」跳舞的時候，國王親切的跟桃莉絲交談。

桃莉絲大吃一驚，「您怎麼知道我是桃莉絲？」

「因為您身上的那股香味。任何人身上都沒有這股香味，我敢打賭，她是世界上最好聞的香味。我一聞到她，就感覺心曠神怡。而且，桃莉絲小姐，現在您身上的這種香味，比我之前見到您的時候更強了很多倍。這真的是一個偉大的奇蹟。」

國王不知道，這是那半片紫色藥丸的神奇作用。國王只是深深的嗅了嗅桃莉絲頭髮上的花香，然後他輕輕拉著桃莉絲滿是皺紋的小手，輕輕的轉了一個小小圓圈。桃莉絲氣喘吁吁的配合國王來做這個動作，這幾乎要了她的老命。

「我聽說您的故事了，您的善良就像您身上的香味一樣，永遠都那麼吸引人。您救了我的性命，也讓王子和那麼多女孩們返老還童。您讓那麼多人幸福，為整個國家做出極大的貢獻。為了表彰您的偉大功績，我請求您做我的皇后。」

說完這句話，國王就跪了下來。所有人都大吃一驚，就連樂隊指揮都驚嚇得忘記揮

7

動手臂，音樂也戛然而止。

桃莉絲天旋地轉，她想自己一定是在做夢。

然而，國王繼續著求婚，「當然，我現在是單身。王子的母親，多年前已經去世，我早就單身，所以我向您求婚是符合法律規定的。這一點我必須要向您說得明白。」

「不不不，國王，我現在年紀這麼大，我隨時都會死去的。您應該找個年輕漂亮的女孩結婚。」

「如果這個世界上有像您這麼善良的女孩，我一定會向她求婚；但很遺憾，沒有一位女孩像您這樣善良：肯為了別人的幸福而犧牲掉自己的容貌。」

「不不不，我這麼老，是一個風燭殘年的老太太，還這麼醜，我不知道還能活多久，我真的不能害了您……」

「其實，我的年紀不比您年輕多少，哈哈哈。如果不是您給我的神藥，我現在也早就一命嗚呼了，況且，您的善良應該得到幸福的回報。」國王從口袋裡掏出求婚的寶石戒指。

「不不不，我真的不能接受……」

但國王已經把戒指套在了她的左手無名指上了。她還在找各種理由拒絕，她的嘴巴一刻都沒停止。為了讓她安靜下來，國王把嘴唇靠了過去，親吻老太太的嘴唇。

天空中閃現出無數的煙火，還有很多散發著香味的美麗花瓣從空中飄下來。很多仙女們從空中降臨，整個舞會現場都充滿了光和愛。

在國王具有神奇魔法的親吻中，老太太返老還童，重新變成美麗優雅的桃莉絲小姐。因為國王和王子都有了心愛的女人，那些懷揣童話夢的女孩們變得現實，在仙女們的指點下，她們也很快找到了自己心愛的未婚夫。

在仙女們的主持下，整個國家舉辦了盛大的婚禮，第一對是桃莉絲和國王，第二對是王子和屠夫女兒，後面的是少女們和她們心愛的未婚夫們。美麗的婚禮現場，被大朵大朵美麗的玫瑰花所包圍。這些可愛的玫瑰花，正是桃莉絲親手種下的，現在她們成為愛的花朵，包圍著整個國家。

整個國家的人們都生活在幸福和快樂之中。這種歡樂的生活，我在其他的國家從沒有看到過。

7

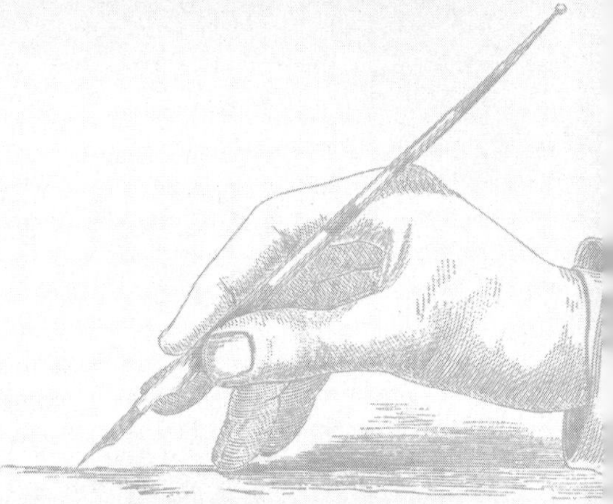

捉刀鼠

7

我在電腦前呆呆的坐著，任憑思緒翻滾，徒勞的想了很多開頭，仍舊寫不出一個字。此刻窗外秋雨綿綿，秋風嗖嗖，已經是下午五點鐘的光景。我披了件衣服，又咬了口皺巴巴的紅富士蘋果，還沒嚼兩口我就吐出來，胃也因為我工作效率低下而懲罰我。我氣得把蘋果扔在地上。前女友打來電話要請我吃麻辣火鍋，我也沒去，我知道她想和我復合，但我的心思早就不在她身上了。

這樣的情形已經持續一週的時間，我也一週沒有下樓。餓了我啃幾口饅頭，飢了我煮幾個冷凍水餃。我也不怎麼吃得下。你也知道，只要我寫不出東西，我的胃口就不好。我偶爾去一趟洗手間，盯著鏡中面容枯槁的中年男人，我終於明白：寫作是最好的減肥良藥。

每天花費八個小時來寫作，是我多年來雷打不動的習慣。我靠稿酬和小說比賽的獎金為生，所以至今過得清苦，我也不以為意。我不在乎外在的榮華富貴，我也不在乎是否有幸福的世俗生活，我最在乎的是優美的文字和完美的小說。誠如天下所有事一樣，我最在乎的並不在乎我。

我想撐一把傘下去走走，或者直接在雨水中淋溼自己；要不然就跳進河水中，如臨死的猴子，拚命掙扎下憔悴衰敗的身體。但我更想把電腦和桌上的獎盃摔在地上；或者關緊窗戶，打開瓦斯，這樣就能一了百了。

「有什麼可以幫您的嗎？」

就在我胡思亂想的時候，有這麼一個聲音打斷了我。我看了下四周，並沒有發現什麼人。也許是鬼吧。但我並不怕鬼。如果剛才說話的真的是鬼，我正好可以一口吞下它。這樣，我就知道鬼是什麼滋味，可以寫上一篇吃鬼的小說。

「我可不是鬼。」那怪物有讀心術，知道我心中一切所想。「我在你腳下，腳下！」

我低下頭，看到一隻灰色的老鼠在吃我吐掉的蘋果碎渣。牠抓著蘋果屑往嘴裡送，很快就吃完，然後還用舌頭舔了舔地板。我抬起一隻腳就能把牠踩死。牠的體型太小了。

「不要踩死我，因為我能幫你寫小說。」老鼠慌忙舉著雙手，就像繳械投降的士兵。

「為什麼你能說話？你成精了嗎？」我拿起桌上的一枝原子筆。

小老鼠順著書桌的木腿爬到了桌面。「所有的動物都能說話，就看人能不能用心聽到。」

「噢，還有這樣的怪事。」我打了個哈欠，望著桌子上的小老鼠，牠渾身都是灰色，爪子卻有點發紅，牠的肚子乾癟，也許是吃不飽飯的緣故吧，鬍子卻已花白，一雙眼睛

7

卻是炯炯有神。我要是用原子筆的筆頭去扎牠的肚子，不知道能不能刺出腸子。

「不要扎我的肚子。」小老鼠喊道，「因為我要幫你寫小說。」

「真的還是假的？天啊，老鼠還能寫小說？」我又打了一個哈欠，腦袋昏昏沉沉，我感覺老鼠啊，寫小說啊等等，都像是夢中之物。

「是真的，你書櫃裡的所有小說我都看過，有的書我還看過不下十遍。」

我想起來，櫃子裡的很多書都被啃過，那一定是小老鼠做的。

一說起書，我就來了興趣，決定考牠一下。「你最喜歡那本小說？」

小老鼠灰色的眼睛中冒著光，牠急急的答道：「我以前最喜歡《紅樓夢》，現在最喜歡《三國演義》。」

「天啊！」我驚叫起來，我從沒想到小老鼠的品味還不低。

「我可以幫你寫一本曠世名著，和紅樓三國不相上下，到時候還可以署上你的名字。」

「真是吹牛！那麼偉大的作品，你一隻老鼠還能寫出來？」

「不要人眼看鼠低。我可以用你的筆記型電腦寫。」

「所以你還會電腦和注音輸入法？」我有點詫異，但我太睏了，我忍不住又打了幾個哈欠。

「這對我來說並不是難事。既然你不喜歡，我就不幫你寫了。不過呢，看著你這麼痛苦的寫作，就像患上便祕症一樣，我實在是於心不忍。那我就幫你寫大綱和小說的開頭吧，你順著寫下去就可以了。你知道我喜歡教導更甚於寫作，我只是想告訴你如何寫作，我願意成為你的導航機，引導你寫出偉大的作品。」

「你一隻老鼠還願意導航我們人類？」我的眼睛都睜不開了，我想笑但沒笑出聲來。我還是忍不住說了這麼一句話。

「三鼠行，必有我師焉。」老鼠說完，就爬到筆記型電腦前，用爪子劈哩啪啦敲打起鍵盤來。牠打字速度甚至比我都快。牠首先輸入的就是我的名字，放在作者那一行的後面。

「請幫我打開電燈。我都看不清楚電腦上的字了。」小老鼠喊道。

我太睏了，我打開燈，就到了臥室睡了起來。凌晨三點四十五分，我被一泡屎給憋醒了。我上過洗手間，盯著鏡中的自己看了又看，我突然想起老鼠寫小說的事，也許這真的是一個夢呢。

我忍不住推開書房的門。書房的燈還亮著，電腦也沒關，我坐在椅子上，電腦上還

7

真的有一篇小說的大綱和開頭的幾頁文字。我看了一遍，渾身顫慄，天啊，這樣的故事和文字，只應天上有。我知道，以我的寫作能力，就是寫上三百年，也不見得能寫出這樣的文字。我的眼淚不自覺的流了下來。

「怎麼樣？」角落裡有聲音問我。

我低頭看了一下，那隻小老鼠正啃著那顆蔫蘋果，牠一臉得意的看著我。

我應該跪下來，感謝牠寫出如此優美的文字。（而上面的署名竟然還是我！）但人類的自尊心讓我不能對一隻老鼠彎腰屈膝。

「還可以吧。你能繼續寫下去嗎？」我問道。既然作者的名字是我的，我也就滿意了。

「你忘了？我只是導航機，我只能發揮導航作用，真正的寫作要靠你自己。」

給我八百年，我也寫不出這樣的文字和故事！所以我要誘導老鼠繼續寫下去。

「不，我累了，你繼續來『導航』吧。」事實上，我想用「捉刀」這個詞，但最後我還是換成了「導航」。

「哈哈哈，你想讓我捉刀也可以，但你要付出很慘痛的代價。」小老鼠狡黠的望著我。我忘記了，牠能讀懂人的心語。

「什麼代價？」我的眼睛盯著螢幕上的文字。

「我要你的一條腿。」小老鼠說完話，若無其事的扭動著屁股和大腿。

這個駭人的條件竟然出自一隻老鼠之口！我真應該拿木棍敲碎牠的身軀。但看到那些優美的文字，我的眼淚又流下來，怎麼都止不住。我的眼睛根本無法移開電腦螢幕，那些文字美得就像羅剎女。

「我答應你的條件！」我一字一句的說道。

「耶——」小老鼠比出勝利的造型。看著真是讓人氣極了。

「但你必須要寫完這本小說，並且整本書的文學和藝術價值不能低於紅樓三國！」

「小菜一碟啦！」小老鼠深深的鞠了一躬。

我用刀砍掉自己的左腿。不久，我就讀到了世界上最優美的小說。

按照小老鼠的建議，我又砍斷了自己的右腿，然後小老鼠幫我寫了另外一本無比優美的小說。當然，作者的署名還是我。

然後我砍斷了自己的左手，挖出了自己的一隻眼球，割掉了自己的生殖器，然後我讀到了第三、第四本和第五本世界上最最優美的長篇小說，一篇比一篇出色。當然，每一篇的署名都是我！

7

按照老鼠的建議，我又讓牠啃掉了我的右手、鼻子和屁股，然後我看到了世界上最美的第六、第七和第八本長篇小說。當然，每一篇的署名還是我。

我全身只剩下一隻眼睛，我用來閱讀全世界最美的小說們，尤其這些小說的署名都是我。我心醉如死，無心飯食，也無心睡眠，如痴如狂。天啊，這是多麼大的榮耀啊！它們一定能夠流芳百世，恩澤整個人類。我總是邊看小說邊流眼淚，有的眼淚是因為感動，有的眼淚是因為自豪，還有的眼淚是自慚形穢，還有的眼淚是深深的驚恐和哀怨。

最後我也接受了老鼠的建議，讓牠吞下我唯一的眼珠子。牠是我的老師，捉刀鼠，是寫作之神，雖然後面的小說我沒看到，但我相信它也是無比偉大和優美。我也相信老鼠還會在作者那一行寫上我的名字。牠曾經對天發誓不會更改作者的署名，當然會遵守承諾。

後來，老鼠又吃了我的胃、脾、肝、腎和肺。我都一一應允。當然，每吃一個，牠就要貢獻一本偉大的小說。

老鼠最後吃的是我的心。我也答應了。

我很早就陷入黑暗中，我已經看到了最美的風景，生命對我自然也就沒有了意義。

我躺在地上等待生命的最後一刻，在半生半死的一瞬間，我聽到大門推開的聲音，然後

捉刀鼠

我聽到前女友尖利的驚叫聲，然後我聽到她拿著棍子敲打地板的聲音，我們的天才捉刀鼠「吱吱」的叫著，牠拚命的逃竄，但最後還是被什麼東西給打中了，牠哀嚎一聲，又掙扎了幾下，就再也沒有了任何聲響。

牠一定死去了。牠也應該死去了。我長吁了一口氣。

我想，前女友一定能看到電腦上存著的很多部長篇小說，每一部都足夠流芳萬世。每一部小說的署名都是我。她應該相信是我寫出來的。這真好。

7

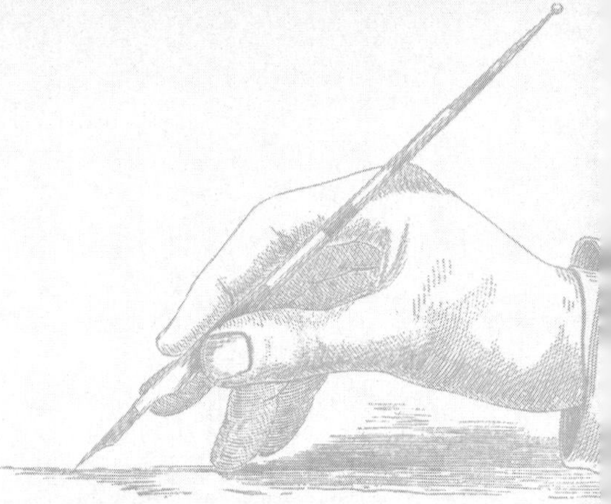

伊底帕斯

1

母親去世已經一年了。可我感覺她還沒有離開我。做母親的總溺愛自己的孩子。在她們死後依然如此。

她每時每刻都陪伴著我。和以前一樣。她每天都在房間裡看著我，注視著我，溫暖著我，憐憫著我，似乎我還是那半個月大的嬰孩。在我吃飯的時候。她還像過去那樣為我夾菜。晚上躺在床上睡覺的時候，母親手拿煤油燈出現在我門口。她還像以前那樣慈愛的為我蓋好被子，然後在我額頭上吻一下。

「乖兒子。今天沒到陽臺上去吧。」母親溫柔的看著我。

「沒有，媽媽。」

「千萬不要去。這是七樓，從那裡掉下去要摔死的。」媽媽囑咐著我。近來媽媽常這樣囑咐我。

「媽媽，妳掉下去了。」

「什麼？」母親皺著眉看著我。

「我看見妳從陽臺上掉下去了。」我是個不說謊的孩子，有什麼就說什麼。

「你真的看見了？」媽媽緊張的盯著我的眼睛，彷彿想看出什麼說謊的破綻。但我是好孩子，何曾說過一句謊話。

「對，我看見了。那一天，妳幫我做過雞蛋番茄麵，妳知道，這是我最喜歡吃的。妳看著我吃完，妳讓我躺下睡覺。我不睏，可妳非要我睡，我假裝睡著了。妳站在門口，看了我很長時間。」

「對，我站在門口，看你很長時間。孩子，我看不夠你，我怎麼能看夠你呢？孩子，讓媽媽再看一眼。」母親看著我，用煤油燈仔細的照著我看，我也看著母親多情的臉。母親突然變得激動起來，她衝動的把我摟在懷裡，近來媽媽常常激動。

「後來，妳就離開我，到陽臺上。妳在那裡又看了我很長時間，對嗎？」

「對，孩子，我在那裡看著你，看你很長時間。」

「陽光照在妳臉上，像一尊雕像，像觀世音菩薩。真美……可妳後來卻掉下去了，對不對？我剛要喊妳，妳就掉下去了。」

「是的。媽媽從那裡掉下去了，所以，媽媽現在已經死了。」母親的臉突然抽搐一下。

「媽媽，死是什麼？」

「傻孩子，死就是再也看不見了。」媽媽的臉變得淒然起來，眼睛也變得閃亮起來。

1

我說過，母親近來常常激動，不由自主的激動起來，像扮演秦香蓮的旦角。

「可我怎麼還能見到妳呀？媽媽，妳不是死了嗎？」我很奇怪，媽媽近來講的話總是這麼古怪，不合邏輯。也許媽媽老了，腦筋出問題了。她眼角還有很深的皺紋，像魚鱗一樣，媽媽確實老了。

「傻兒子，明天媽媽最後一次來看你，以後，你就再見不到媽媽了。」母親的身影隱在黑暗中，也許是簾子遮住了母親。想到也許我再也見不到母親了，我忍不住大聲叫起來。

「媽媽！媽媽！」

「乖兒子，媽媽在這，媽媽在這。媽媽明天就要去一個很遠的地方。」母親從黑暗中走出來。她果然藏在簾子後面，我欣喜的投到母親的懷抱。母親和我玩捉迷藏的遊戲。近來。母親很喜歡玩這個遊戲。我們好像又回到了很久以前，那時我們也經常捉迷藏，可經常是媽媽找不到我。我藏在簾子裡，緊緊與簾子融為一體，媽媽找了很久，都找不到我，也許是故意的，媽媽焦急得滿臉都是汗。「乖，出來吧。出來吧，小乖乖。不要扔下我一個人！好乖乖，你在哪裡？」在這個時候，我總會不由自主的大笑，媽媽就笑著把我牽出來，之後我們就「咯咯咯咯……」笑個不停。笑聲傳出很遠很遠，風吹著我們的笑，向世界的荒漠中傳播，彷彿世界上只有我們兩個人，只有我和媽媽，兩個幸福的人。多麼幸福的生活呀……可風也把這樣的生活遠遠吹走，就像吹走天邊的一朵雲，吹走地上的一粒沙，彷彿我們從來沒這麼生活過，從來沒這麼笑過……

風又起了，風從窗戶裡吹進來，煤油燈晃著，母親的影子也模糊起來。媽媽的話真可怕，如刀子一樣刺破我的睡意。再也見不到媽媽了，我害怕起來，我直起身。「媽媽，妳要到哪裡去？我也要和妳一起去。」

「不行，很晚了，不要鬧了。」母親面帶慍怒，我急忙躺下。我不願意惹母親生氣，從來都不惹母親生氣，我是乖孩子。

「那、那、那妳會想我嗎？」我用微弱的聲音問母親，不忍再刺激母親。

「會的，當然會的。我會永遠想你，永遠。」母親為我蓋好被子，母親輕輕擦掉我眼中的淚水，彷彿很為剛才的惱火而愧疚。母親溫柔的看著我，仁慈的看著我，卻忍不住哭泣起來。母親的頭趴在我胸膛上，哭泣著，我也哭了，陪著母親哭。我用手拍著母親的頭，安慰著她，彷彿她受了天大的委屈，而我成了她唯一的靠山。想到能安慰母親，我高興起來，彷彿又長高了許多。母親終於擦好眼淚，眼睛通紅通紅。

「晚安，兒子。」像很多次那樣，她向我告別。母親又吻了吻我額頭。

「晚安，媽媽。」媽媽拿走煤油燈，一切陷入黑暗中。我平生第一次在黑暗中瞪大眼睛，思考著母親的話，思考著母親古怪的行為，這一切。太深奧了，遠超出我所能理解的範疇……不要想那麼多，還是睡吧，明天太陽照常升起。

我終於沉入黑暗的世界中……

2

和過去一樣。

早上七點醒來，我準時起床。在我洗臉的時候，母親站在我身後，慈愛而溫柔的用沾過熱水的毛巾為我擦臉，像過去做過很多次的那樣。

「讓我來，我可以的，媽媽。」我對母親說。我回頭看著母親，她的臉被早晨的陽光照得通亮，像黃色的向日葵。我輕輕搖動臉龐，想擺脫母親手的束縛，這是我們都很熟悉的遊戲。

「你還是這麼調皮。」母親輕聲說，她搖了一下頭，似乎很無奈，像過去那樣，但她臉上卻洋溢著歡樂，即使被黃黃的光亮照著。我知道，母親還是微笑著，洋溢著欣喜的笑容，像盛開的秋菊。

「媽媽，妳比以前更美了。」

「媽媽比以前更老了。唉，終有一天，媽媽會離開你的。」母親的聲音突然空洞起來，像冬日老樹破敗的皮。我猛然回頭，黃色的光遠去，母親的臉蒼老許多。一瞬之間，菊花殘白，凋零。

「那妳還回來嗎？媽媽。」我輕描淡寫的問。我想，媽媽大概是說要去上班，正如她過去很多次上班前離開我一樣，可她很快就下班回來，很快，就在我睡覺還沒醒來時，媽媽已經回來，一眨眼的時間。

「不，媽媽再也不回來了，媽媽要到一個很遠很遠的地方，再也不能回來看你了。」媽媽的聲音飄起來，她的身子也要飄起來，好像秋天菊花飄落的花瓣一樣，風兒輕柔的吹著她，吹著她離開，離開她親愛的寶寶，離開我……

「不！」我叫喊起來。幸好母親的大衣我還摸得到，我急忙緊緊抓住母親的大衣，似乎這樣就可以阻止母親的離開。「媽媽，我不讓妳走，不讓妳走。我們、我們要在一起，永遠在一起。」我急促的說著。我匆忙站起來，轉過身，透過大衣，我緊緊抓著母親的手，似乎這樣就可以阻止母親的離開。母親的手冰涼，似乎剛從冰窖中回來，我把臉貼在母親的手上，但母親和我中間隔著一個椅子，阻礙我們的交流。我推掉椅子，椅子重重的倒了，慢慢的砸在母親的腳上。

母親輕聲呻吟著，她蒼白的臉更加慘白，如冬天的雪。我的心冷起來，我惱怒了，幾乎毫無預兆的，就打自己耳光，狠狠的打了一下子。媽媽的手，敏捷的按住了我的手。

「我是個混蛋，總是傷害您，媽媽。您跟著我吃了多少苦呀！您該離開我，您應該離開我，我不值得您愛。」我說的是真話，我不值得母親愛我，我為她帶來多少的麻煩，多少的傷害呀！

「傻孩子，又在胡說了。媽媽喜歡你，媽媽愛你，不管受多大的委屈，吃多大的苦，只要見到你，媽媽就不覺得苦了。孩子，你是媽媽的一切，不管別人怎麼說你，說你怎麼怎麼不正常，可你是我的寶貝呀，唯一的寶貝。」媽媽用冰冷的唇吻我，窗外暗紅色的雲朵就如煉鋼爐內燃燒的火焰。

「媽媽，我不要妳離開。」

母親笑了一下，她滿臉的皺紋都動著，圍著淒然的笑旋轉著。她抽出一隻手，溫柔的摸著我的頭。「傻孩子，媽媽也不想離開你呀！」母親用冰冷的手撫摩著我的臉，彷彿手藝最精巧的工匠雕刻著最寶貴的玉器。

「媽媽，不要離開我，不要。我們要在一起，永遠在一起，只有我們兩個人，好不好？只有我們兩個人。」我乞求著，真恨不得用手劃破胸膛，把我的心獻給母親，如果能阻止她離開的話。

母親身子似乎震了一下，她彷彿想起了什麼，彷彿想起了什麼人，似乎是不愉快的記憶吧！母親轉過身，在這個時刻，母親突然一下子蒼老了二十歲。她的背佝僂著，頭髮蒼白如蠶絲，全身顫抖著。這分明是真實的母親，卻也是記憶中的母親呀！

「媽媽，不要離開我。我怕、我怕呀。」

「媽媽也不願意，不想離開你。媽媽想永遠陪著你，照顧你……你二十歲了，可還是一個小嬰兒，一個吃奶的小嬰兒……沒有辦法，沒有辦法呀！媽媽必須離開你，必須。」母親看著窗外，那裡有一朵黃褐色的雲黯然的飄過。

「必須。為什麼？為什麼是必須呢？不，我不要妳離開。」我撲在母親溫暖的懷抱裡，頭緊緊貼在她的胸前，但奇怪的是，我沒有聽到母親心跳的聲音。我以為自己的耳朵出了毛病，我更緊的貼在母親的胸前，但那裡仍舊悄無聲息。

我驚訝的抬起頭，看著母親，母親也看著我，一副無可奈何的樣子。母親笑了笑，那是安慰我的苦笑。「看見了吧？媽媽是死去的人，死人是沒有心跳的。孩子，今天是媽媽最後一次來看你，以後，孩子，乖孩子，你自己要一個人生活。一個人好好生活，媽媽會在遠方想著你，永遠想著你，永遠。」母親的眼眶裡滿是淚水，兩條小溪靜靜的流淌，沒有叮咚的聲音，我也是。母親好像在說天書，我聽不懂。母親好像在說啞謎，我猜不出。但我卻明白了一件事，我將再也不能見到母親，即使是死去的母親……我嗚咽的說不出話來。

「媽媽總有一天會離開你，永遠的離開你。孩子，我親愛的孩子，你要堅強。堅強呀！」一朵七彩的雲瀰漫在屋內，漸漸包裹起母親。在濃霧中，我看不清屋內的一切，我再也看不清母親，摸不著母親。彷彿，母親幻化成了那些雲朵。母親只是在雲朵中低聲呼喚著我，沒有悲痛，沒有焦急，只是低沉而深情的呼喚我，充滿了慈愛……正如夢中母親無數次呼喚我一樣……低沉、擔憂、溫暖、深情、眷戀、慈愛……

雲朵飄向窗外，母親呼喚我的聲音也漸漸飄向窗外。我起身要抓它們，它們卻幻化成無形的空氣和風……雲朵和聲音，漸漸遠去，最終消失不見，彷彿母親根本就沒來，彷彿母親根本就沒替我擦臉，沒有親吻我，沒有愛過我……

一種刺骨的疼痛在心裡蔓延、反覆、龐大、增長。終於要掩蓋、摧毀、征服一切……我倒在地上，喪失了意識，彷彿進入了夢鄉……

時間突然靜止不動，彷彿河流在某一時刻突然凝固，我的身子在河流上開始飄流，隨心所欲，彷彿掙脫了沉重的肉身。我變成了白色的雲朵，正在天空中漂浮，要不就是白色的鳥，在天空中飛翔，自由自在，無拘無束……這種自由漂浮自由飛翔的感覺很舒服，很愉悅，它隨我的意志而移動，就好像我突然具有了魚的本領，在空氣中快活游泳，卻不用擔心天敵和漁夫陰謀的襲擊……多麼幸福的時刻……我不願意再醒來……

3

但敵人卻悄然而至，這是很容易理解的，誰如果看到你安然享受幸福而不嫉恨，不嫉恨得手腳麻木，氣急敗壞，那只能說他根本就不是你的敵人……先是幾聲古怪的鳥的叫聲，那是測試我反應的。之後就是躡手躡腳，又故意發出「咯吱咯吱」聲響的腳步聲，多麼做作。我知道，下面的聲音就是「匡噹」了。果然，一隻腳踢在了鐵桶上，鐵桶在地板上滾動了幾下，聲音響了幾下就低沉下去。我醒了，早就醒來，卻故意閉著眼睛……在夢中飛舞，快樂的飛舞……那是多麼幸福的事情……

「醒醒。醒醒。」一個聲音在耳邊迴響。

天已經完全黑了，各種顏色的雲朵早就回家去了。多麼幸福，它們有自己的家。

3

有時候，我真想自己為什麼不是雲朵，這麼自由……不，我剛才已經變成了雲朵，是的，我已經是雲朵了。如果沒有敵人這些可惡的打擾，我現在肯定還是雲朵，自由的雲朵，被輕風吹著，在天空中自由的飛行，永不停息的舞蹈，裝飾著一個美麗女孩輕柔的夢……沒有人知道我多羨慕這樣的生活……

「醒醒。醒醒。」那聲音仍固執的響著，也沒有停止的痕跡。我嘆口氣，睜開了眼睛，屋內變得昏暗不堪，桌子上的煤油燈發出昏暗的光，昏黃的光如豆子一般大小，煤油燃燒的煙呼呼叫著，讓我想起公路上奔跑著的曳引機。那是我唯一一次下樓在街上看到的，母親說那是曳引機。曳引機，母親說……曳引機仍在呼呼的叫著，說曳引機的母親又在哪裡……我知道一些東西已經改變了，無可更改的改變了……房間裡的物品像過去一樣沉默，沙發、八仙桌、花瓶、花兒、桌布，還像過去一樣溫柔的站在那裡，低垂著頭，可有一些東西卻完全改變了……牆壁上掛著的還是那張老畫，畫中一個面容凶狠的強盜，拿著刀，狠狠看著我，目露凶光。我忍不住打了個哆嗦，我每次看到他都忍不住要打哆嗦。每次在我害怕時，母親都溫柔的抱著安慰我……母親？母親在哪裡？母親……風從開著的窗戶吹進來，燈光晃動著，幾乎要熄滅。畫中凶惡的男人也飛揚起來，他走近幾步，離我越來越近，拿刀子的手幾乎要碰到我的臉，我終於忍不住大叫起來。

「媽媽！媽媽！」聲音空洞的在屋內迴盪。想起母親說過的話，也許是真的，我再也見不到母親了，多麼可怕。只是出於本能，像過去那樣，我繼續喊叫著母親。「媽媽！媽媽！」

「你再也見不到你母親了。」牆角一個聲音突然傳過來。我驚叫起來，並不是因為聲音的內容，而是因為突然聽到的聲音。在心理上，我沒預料到這裡會有人，我已經忘記了叫醒我的人就在身旁。（可怕的漁夫，收回漁網，目露凶光，內心歡喜。）所以，當聽到這個突然響起的聲音後，在我有足夠的心理接受聲音的主人前，我早已驚恐的四散躲藏起來，就如同突然聽到獵人的槍聲，飛得最慢的麻雀也會拚命逃竄。我就是這樣，拚命逃竄，一下子我跑到椅子旁，一下子躲在鐵桶旁，一下子我又藏在桌子下，可哪裡都不安全，哪裡都有亮光，哪裡都把我影子暴露，一覽無遺，我只好繼續奔跑尋找新的藏身之處。

「再也見不到了，見不到了。」聲音繼續慢慢在屋內迴響。漸漸聲音織成嚴密的羅網，把我完全包圍，我無力抵抗，無力躲藏，無力逃避。我突然想起，既然這個人在對我說話，那這個人一定看到我了，而我還像老鼠一樣東躲西藏，多麼可笑，多麼滑稽，

3

就好像別人穿著完好的衣服，我卻赤身裸體被觀看，充滿了屈辱。我只能繳械投降，自己走到光亮的中心……我真像一個做著虛假表演的小丑，就連自己也不相信自己的表演，多麼該死，多麼可笑。我就是那個小丑，被人嘲弄，被人玩弄，一個沒人欣賞，沒有人愛，沒有媽媽的小丑……媽媽！媽媽！媽媽在哪裡……我的淚終於湧現。我抽泣出來……

「你怎麼了？哪裡不舒服嗎？」那聲音慢慢走近我，一個高大的身影漸漸把我淹沒住，他終於停頓在那裡，像個鐵塔。

我忘記了害怕。我站起來，但我只有他肩膀那樣高，我不得不仰起頭看著他，但燈光很昏暗，我看不清他的臉。沒有辦法，我只好拿起煤油燈，照著他的臉看，這才看清楚這是個四十多歲的男人，臉上閃現著各種東西，驕傲、冷漠、英俊、世俗、機敏、成熟、淫蕩、多情、自私……這張臉，我很熟悉，彷彿見過很多次。我記不清什麼時間見過他，也許在夢中，我思索著，圍著他轉圈，用燈照著他，希望能得到更多的資訊。

這個男人漸漸顯露出不耐煩的表情，他臉上又多了一份不屑和冷笑。這是很自然的，誰這樣長久的被燈照著看都會不舒服，很不舒服。

「怎麼？還認識我嗎？」他轉過臉，看著我，滿臉的笑意，滿臉的辛酸。我看得更清楚了，這張臉我看得更清楚了，也覺得更熟悉了，似乎我每天都看見他。我費勁的在想，腦袋都有點隱隱作疼，可我仍想不起來他是誰，我歉意的搖著頭。

「哈！哈！」他笑起來，頭也跟著搖擺。他轉過身，開始在大廳裡轉動，轉來轉去。他拿出口袋的菸，靠近煤油燈，他吸了一口，菸變紅了，菸霧接著噴出來。菸霧包圍了煤油燈，又包圍了整個房間。他大口的吸菸、吐菸，很快一切都籠罩在菸霧中。他又開始轉動起來，身子不斷衝撞著凝聚的菸霧，他帶動著菸霧也轉動起來。漸漸的，他周圍變成一個流動的場景，桌子、椅子、煤油燈、花瓶、花、畫，都在他周圍旋轉著，奉承著他。菸霧更濃，我看他越來越不清楚……

我咳嗽起來，菸霧像催淚彈一樣刺激著我，我大聲咳嗽著……他終於停下來，詫異的看著我，我繼續咳嗽著，致命的咳嗽著，幾乎無法呼吸。他把菸熄滅，我卻幾乎要倒下來，脖子憋得很粗，可空氣仍充滿了菸霧……他把陽臺的窗戶打開，風吹進來，菸霧漸漸散去，我的咳嗽也漸漸減弱。我終於站起來，他走到我身邊看著我，眼神包含著關切。他的臉更加熟悉，我幾乎就要想起來他是誰……

「孩子……」他溫柔的看著我，臉上退去冷漠的神情，聲音那麼親切，我心一震，更加努力回想著，他是誰……

3

「孩子，你忘記了，我是你父親，你父親呀！」他的眼神流露著失望、無奈、自嘲。「二十年來，我每天都要提醒你一遍，我是你父親，可你只記得你母親。每天你都把我忘記，我在你眼裡，什麼都不是。」那個男人搖著頭，聲音漸漸低沉，帶著委屈、辛酸、不幸，幾乎嗚咽……

我想起來，這個人果然就是我的父親，我二十年來一起生活的父親。看著他辛酸要流淚的眼，我也幾乎要流淚。我想安慰，想對他說對不起，我想說我錯了，可我不知道自己錯在哪裡。每次我並不是刻意要忘記他，但每天醒來，我總是無法記起他是誰。也許正如很多人說的那樣，我確實很笨，腦子不大正常，但、但、但這是我的過錯嗎？是我刻意要忘記他，刻意要讓他難堪嗎……我知道自己不是，我知道自己並沒有刻意，我還沒那麼壞……所以我該對誰說對不起？可我為什麼要委屈自己呢？人要真誠的生活，對自己真誠，對周圍人真誠，對生活真誠……所以，我為什麼刻意要虛假、做作、欺騙、欺騙自己、欺騙別人……我沉默著，默默的看著他，看著我的父親。他每天都提醒我一遍，他是我的父親，但這並不妨礙我第二天把他相忘……

父親看著我，搖著頭，哀嘆著自己的不幸。之後，我們彼此沉默著，可怕的沉默，契訶夫式的沉默。哈哈！多麼可笑。我突然覺得這一切多麼虛假、做作，充滿了欺騙，我們就像舞臺上兩個蹩腳的演員。突然，我們不知道該如何說話，幾乎是同時，我們忘記了彼此的臺詞。於是，為了對觀眾掩飾，我們彼此不約而同的，英雄所見略同的，選擇了沉默。彼此沉默著，相互沉默著，彷彿沉默就是我們生活的唯一主題。我們在舞臺上走來走去，甚至還碰面，用腳彼此對踢一下，彼此裝出很有深意的樣子。相互看一眼，嘆口氣，接著又開始了沉默。走動、踢石頭、打發無聊的時光……當然，觀眾什麼也不知道，他們還以為是一場經過改造的新戲，一齣新的實驗戲劇。要鼓勵創作，天才式的創作，所以觀眾容忍著一切，饒有興趣的看著我們無聊的走動、沉默。他們一直等待著戲的最後結局，但我們會一直沉默下去，他們會像傻瓜一樣等待著，張著嘴，急切的等待著沉默下去的話語，但那是不可能的。沉默只能是這齣戲的主題，唯一的主題。

偶爾因為無聊，我和另一個演員，父親，會因為無聊而咳嗽，大聲的咳嗽，很有深意的咳嗽，吐沫星子飛濺，但那僅僅是咳嗽而已……我們彼此走動，我們會碰在一起，我們張開了嘴，似乎話語馬上就要飛奔而出，但我們只是彼此看了一眼，就轉身繼續沉默。但觀眾一直等待著，耐心的等待著……不過也許觀眾心如神明，他們什麼都知道，他們知道我們是多麼蹩腳的演員，他們知道我們內心最細微的皺紋、最難堪的掙扎。他們知道我們表面輕鬆的沉默背後，那深深的焦慮、尷尬、苦悶，觀眾像看猴子一樣看著

3

我們，看著我們出醜，他們在下面手舞足蹈，拍手稱快，這是他們最願意看到的結局，他們會因為我們的滑稽而笑得喘不過氣來……不過誰知道他們是怎麼想的呢？觀眾是最古怪的猴子，最好不要去猜測……沉默因為長時間的等待，變得更加不堪忍受，如龐大的天幕，逐漸的低沉，慢慢的壓著我們的身子，幾乎無法呼吸……我看著父親的眼睛，他也正看著我的眼睛，平生第一次，我們有了共同想說的欲望。我用舌頭舔了一下嘴唇……

「母親去哪裡了？」我想，做兒子的先說話，總比父親先開口更有禮貌。至於說什麼，我想並不重要，重要的是我們有話可說，可以不用忍受沉默。

「她已經死了。」父親似乎已經忘記自己生活中曾經有過這樣的人，這樣的角色。他的話語冰冷、無情。

「死了。」其實我根本就沒注意父親說的是什麼，對於我來說，什麼話都是一樣的。我只是在扮演角色，扮演這個可怕的角色，打破那難堪的沉默，掩藏起自己蹩腳的演技……

「對，死了，你以後再也見不到你母親了。哈哈！再也見不到了，吃奶的小孩被拋棄了，被母親拋棄了。母親已被榨乾最後一滴鮮血。母親完了，母親被孩子吸乾最後一滴奶，死了，再也見不到了。」父親叫嚷起來。不得不承認，父親演技高超，收放自如，他具有一種好演員必須應該有的氣場。也就是說，他能刺激起同場演員的感覺。父親激發起了我的感覺，父親刺疼了我……我想起母親的離去，果然是和我有關的。也許父親是對的，我是個只能替別人帶來厄運的孩子，尤其對自己最親的人，替自己母親帶來厄運的孩子。可我為什麼要被生下了？是的，如果我有命運的話，我唯一的命運只應該是生下來就被掐死……只有這樣，我才不會危害自己的母親，親愛的母親……

「有什麼好哭的？你看看你都二十歲了，還像一歲的小孩。」父親踱到我面前，他的語調溫柔，但我明白他話中意思。他潛臺詞中的譴責，我能感覺到，我是個敏感的孩子……

我的臉又紅了，我變得很羞愧，很為自己流淚而臉紅。我的頭低下來了，眼睛甚至也模糊起來，我的眼中滿是委屈的淚，但我極力克制著，甚至很希望父親沒有看見，希望他離開這裡，這樣我會覺得好一點。但父親並沒有離開，他仍站在那裡，龐大的黑影仍在我身上籠罩。他沉默不語，似乎更嚴厲的譴責我，因為我的尷尬，這和一個成年人的身分多麼不相符呀！

我們都沉默著，也不知道過了多長時間，似乎誰也不想打破難堪的境遇。我竭力掩

3

飾著自己的失態，父親也假裝沒有看見，但我知道他一定用眼偷偷的瞟著我，偷偷的看我眼中的淚。想到這一點，我心更難過了，就如同在眾人面前被扒光衣服一般。父親完全明白我的一切隱私，在他面前，我是赤身裸體的，他知道我心中所有的祕密，哪怕是最小的一處傷口……我的寒毛又立起來了，我突然明白了，父親一直就是個老謀深算的傢伙，他完全知道他的每一個動作、每一句話、每一個意味深長的眼神，會在我身上產生什麼效果。所以，這個騙子、陰謀家、劊子手、殺人狂，完全很清楚他剛才的話會在我身上起什麼反應。他就把那些東西拋向我，飛刀、匕首、長矛都撞向我，正中我的要害，而他卻不動聲色在遠處觀察我，好像在看實驗的結果是否和他的預期相符，而他的實驗只能是無比成功的，這也是實驗唯一的結果。於是他這個陰險的傢伙，就在心中發著狂喜的大笑，並且這種狂喜更因表面的冷漠而更加加劇。天呀！這是一場貓和老鼠的遊戲，可憐的只是我是那隻被追趕的小老鼠，永遠四處逃竄的失敗者……但我不甘心……誰願意一輩子做奴隸？誰願意永遠被追趕？誰願意永遠生活在陰影中……我要反抗、起義、抗爭……

我在衣服裡面握了一下拳頭，醞釀著自己的力量。我要抗爭，我要積聚能量打敗這個不懷好意的傢伙，但我還盡力在表面上做著委屈的模樣。我要麻痹他，在他最高興的時候才要給他致命的一擊。我假裝比以前更加難過，我讓自己的眼淚更多的積聚在眼眶裡，如同要漲潮的海面。想到他竟會被我打倒在地，我會用腳踩在他的胸膛，他亮晶晶的大眼睛會露出乞求的眼神，可我不會饒恕他的，我會讓他像狗一樣在地板上爬，他會發出「汪汪汪汪……」的叫聲。想到這裡，我不由的笑了，我的面容鬆弛了一下……

「汪汪汪汪……」

「哈哈哈哈……哈哈哈哈……」父親卻突然發出了一種不可遏止的狂笑，他的聲音是那麼高，在這樣靜謐的夜顯得這樣古怪，這樣不協調。糟了，這個在遠處仔細觀察著我的像狗一樣凶殘的狡猾的傢伙，一定是看見了我那一絲不易捕捉的會心微笑，他馬上就明白了我的心思。天呀！我太不冷靜，太不理智了，我竟在最後就要勝利的關頭這麼大意，被他發現。我所有的計謀都被他識破，他一定覺得我是多麼的可笑，他也一定覺得我的計謀是多麼的不堪一擊，就如同廢紙糊成的盾，這才是他狂笑的原因……紙糊的盾……多麼嘲諷呀……「哈哈哈哈……哈哈哈哈……」

我明白了，他只不過是用狂笑這種武器來投擲我，來徹底刺穿我那可憐的盾。是的，他成功了，徹底成功了，我卻徹底的失敗了。我害怕的環顧四周，一切都在旋轉，一切都在狂笑。狂笑是有魔力的，或者說是有傳染性的，就如性病，就如愛滋病，一切

3

物體也因此而患病，但它們卻因為患病而狂歡。桌子、椅子、書櫃、沙發、花瓶、花兒、畫……一切都在狂笑中飛舞……它們也做著各種誇張的表情。畫中的強盜也向我哈哈大笑，他的吐沫甚至噴到我臉上，茶杯甚至因為笑過了火而裂了個口，水慢慢的從八仙桌上流下，再滴到地下，最後流在我的腳下，冰冷的水刺激著我光著的腳丫，我輕輕的叫了一下，終於無力的跪倒到地板上。我不爭氣的，在眼眶裡積蓄許久的，幾乎要掉下來了，而我控制許久沒掉下來的……冰冷的液體順著我柔順的臉頰往下流個不停……我感到從衣服上傳來的寒意……我打了個哆嗦，終於無力的倒在地板上。茶杯中流出的水把我衣服滲溼了，我覺得冷，很冷，很冷。

父親仍狂笑著，為著發現我的小把戲而狂喜著。「哈哈哈哈……哈哈哈哈……」我沒有出聲，不忍發出噪音阻礙他的聲音，我躺在地板上聽著他的狂笑。對於一個失敗者來說，很需要聽這勝利者的狂笑，為了以後的臥薪嘗膽。對，臥薪嘗膽。我咬了一下嘴唇，鹹鹹的，似乎正在品嘗那枯澀的膽汁……「哈哈哈哈……哈哈哈哈……」他笑了有三分鐘的時間，卻沒有停止的跡象。他做著各種表情，表演著自己的狂笑，他用左手狠狠的拍打著右手，他的手拍得紅腫，我看得很清楚，似乎不這樣就無法表達他的狂喜。「哈哈哈哈……哈哈哈哈……」他笑了五分鐘，仍在繼續。有一刻，他用腳大聲的跺著地板，似乎只有這樣才能發洩著自己的歡喜。他每跺一下腳，那些物體，沙發、八仙桌、酒杯、花瓶，都要震動一下，似乎在為他伴奏，歡喜的為他伴奏。到後來的時候，他就用這樣的伴奏來映襯自己的狂笑，當然，那些物體也用自己的舞蹈來映襯他的歡喜。

虛假的歡笑……

4

慢慢的，寒意過去了，我不覺得冷了。我坐了起來，甚至開始饒有興味的看著他的狂笑。我知道他在表演，他在虛假的表演。他的表演十分做作。（雖然我沒學過表演，但我慢慢看出他的表演不自然，這從反面就更證明他的表演多麼糟糕。）他的聲音越來越蒼白無力，越來越疲憊不堪，越來越顯現出對自己的厭惡。我站了起來。「哈哈哈哈……哈哈哈哈……」他笑了有十分鐘的時間，卻越來越失敗，有一刻，他好像因為大笑而窒息，他的嘴張得很圓很圓，卻沒有聲音。他的眼睛緊閉，臉上的皺紋也因在做著狂笑的表情而醜陋不堪，如畫上強盜的臉（多麼拙劣的模仿）。雙手不斷在空中抓著什麼，最終什麼也沒有抓到。他睜開眼，看了一下我，又開始了虛偽的大笑，但聲音弱小

4

了許多。「哈哈哈哈……哈哈哈哈……」

他好像被什麼魔力抓住了，登上了一輛無法停止的列車，或者如同囚車上的囚徒，徒勞的抓著圈著自己的鐵欄杆，眼望著天空自由的鳥，身子卻不由自主的前行，他虛假的大笑就是他可怕的囚車。他徒勞的看著我，我卻毫不所動，繼續看著他，他只好繼續虛假的大笑，這已成為他生活中很重要的部分，一種他控制不了的墜落。多麼蒼白的笑呀，還帶著很多撲臉用的白粉末。「哈哈哈哈……哈哈哈哈……」

十分鐘後，不，應該是二十分鐘。大笑了二十分鐘後，他終於疲憊不堪的坐在了地上，無奈的如同被鬥敗了的公雞，滿臉惆悵，滿臉寂寞，滿臉憂傷，如同冬天蒼白嚴冷乾裂的天。二十分鐘的時間，他蒼老了二十歲，如同被施了魔法一般，他原本烏黑的頭髮已經雪白，他原先光滑細膩的臉上已滿是深深的皺紋。我冷漠的看著他，仔細的打量著他，研究著他頭髮變白的過程，欣賞著他臉上的皺紋一點一點加深的過程，如同平整的土地被歲月之河犁成縱橫交錯的深溝……多麼精湛的演技，多麼奪目的表演，我讚嘆著、敬佩著，彷彿從沒看過這樣的好戲……但我不敢有絲毫的鬆懈，緊緊盯著他臉上的每一塊肌肉，每一個細微的表情，害怕他又要耍什麼詭計、花招，或者可以這樣說，我不忍放棄觀看他精彩表演的每一分鐘、每一個表情。想一想，這樣精彩的演技，還是免費的，太難得有機會欣賞了，不是嗎……他還要試圖笑，但已不是狂笑、大笑，而是一種無奈的、討好的、失望的、傷心的、屈服的笑。但他只是咧了一下嘴，就無聲的哭泣起來，他的嗓子已經嘶啞，他像個純潔的孩子淚流滿面，我的心被什麼狠狠的刺了一下。

「孩子，過來吧。孩子，到我懷抱裡吧，我們和解吧。」他用公鴨子一樣沙啞的聲音說。無比滑稽、可笑，他伸出手臂，像個破廟裡的舊塑像，缺手臂少大腿，大風吹來，就要撲倒，摔得粉身碎骨。這一刻，他變得如此虛弱衰敗，像冬天的衰草被寒風無力的吹著……

我跑過去，撲在他懷裡，他溫暖的懷抱……我們都淚流滿面，為著我們剛才殘忍的彼此傷害而羞愧……

「饒恕我吧，可憐的孩子！饒恕我吧，我是個凶殘的傢伙！」他吻著我的臉，他的淚水也沾在我的臉上，甚至還有鼻涕，但我覺得溫暖。「我對你做了很多錯事，我厭惡你，從你生下第一天起，我就討厭你……覺得你不合時宜……啊！你顫抖了，我真該死，我的話又刺激了你……孩子，我錯了……可我確實不敢讓人看到你啊！我把你關在房間裡不讓你出門，二十年，我囚禁了你二十年啊……我覺得你很古怪，讓我丟臉……

4

我為你感到羞愧……你這麼笨，不正常，低能兒……天呀，我傷害你多深呀！我經常這樣傷害你呀！天啊，你為了我的話忍受了多少創傷呀！孩子，我是個罪人，罪人呀……孩子，你原諒我嗎？」

「當然，當然。」我回吻著他衰老的皺紋，一樣淚流滿面。我們的淚混合在一起，分不清彼此。「我更是個壞孩子，我作弄了你多少次呀！瞧你手上的傷疤，那是我前天拿茶杯砸的。現在還紅腫著……我多壞呀……我愛你，爸爸，我深深的愛你，可我更害怕你。爸爸，你讓我覺得害怕，你讓我不知所措，你總讓我感覺自己多傻，像個猴子一樣被人恥笑。在你面前，我的手腳不知該放在什麼地方……你總是冷冰冰的，高高在上，凜然不可侵犯。我多麼希望你擁抱我一次，可你一次也沒有……你只是厭惡我……我是個被人拋棄的孩子……」我說不下去了。

「孩子，好孩子呀，我們過去多麼傻呀，有多傻呀！」他喃喃的說，眼睛空洞的看著我身後，似乎在那裡他看見了什麼，那是我們過去的生活。

「多麼傻……」我低低的回應著，我也空洞的看著他身後，那裡什麼都沒有，只有一朵枯萎的鮮花，似乎還有個缺少一隻眼珠的布娃娃的頭。我不知道它怎麼到了這裡……也許是誰扔在那裡的吧……

我躺在他懷裡，也不知道有多長的時間……那是溫暖的懷抱，我很久都沒體會到的懷抱，或者我從來都沒體會過的懷抱。有一刻，我甚至閉上了眼睛，只接觸到他溫暖的胸膛，像是一葉小舟自由的在大海中漂游，像魚兒一般在水中自由游泳，或者像仙人一般自由的在空中飛舞，沒有憂愁，沒有目的，忘記了一切的飛舞……在靜靜的夜裡，我聽到了一個天籟般的聲音在歌唱……

「你聽到了嗎？」我輕柔的問，仍閉著眼睛，享受著那飛舞的快感……

「什麼？」他的聲音也迷離著，似乎來自另一個世界……

「歌聲，美麗的歌聲……」

「傻孩子，哪有呀？你又在幻想了。」他輕柔的說，像對一個嬰兒。「你一直都在幻想。」他補充說，聲音還很輕柔，似乎沒有一絲的改變，但我知道還是有一些東西改變了、發生了、不同了……

「不，剛才我聽到了歌聲，媽媽的歌聲，是媽媽的歌聲。」我站起來，朝歌聲跑去，歌聲消失了……

「什麼都沒有。哪裡？根本什麼都沒有。你又在想像、幻想，你總在想像、幻想。什麼你媽媽又來看你了，什麼幫你洗臉了，跟你講狼外婆的故事了……騙局，騙局，全

4

是他媽的騙局……你什麼時候才能面對現實？現實，現實呀。」他的臉扭曲著，把手甩著，似乎要甩開什麼，手勢助長著他意思的表達。無論如何，他都是很好的演員……風又起來了，畫又被颳起來，那個凶狠的人手中的刀子又離我很近……

「可我真的聽見了歌聲，那真的是媽媽在歌唱，我沒騙你。」

「那是幻覺，那是你頭腦在想像。你只會想像。除了想像，你還會什麼。想像，想像，十萬個想像，可想像有什麼用？你每天都想像著你母親還生活在你身邊，可她已經死了一年了，一年了。那裡，她從那裡跳下去了。」父親用手指著風進入的陽臺。「她跳下去一年了，你已經一年沒見過她了……你這個傻瓜，是你拖累了你的母親……你明白嗎……你這個神經病、瘋子。作孽呀！我怎麼會有你這樣的兒子。就是因為你，我失去了最愛的妻子。天啊！我可憐的妻子，她沒有過一天的好日子，你把她折磨死了。天啊！我可憐的妻子啊，妳命好苦啊……」父親說不出話來了，他聲音嗚咽，他用手捂住臉，他的指縫流下冰冷的液體，這個為自己妻子痛哭的男人……

我說不出話來，對於這樣痛哭的人來說，任何多餘的話都顯得殘酷，任何話語對他都是極大的傷害。也許，我的存在本身就是對他最大的傷害……我沉思起來，突然，我明白了這個男人，二十年來對我的嫉恨。是我，對，是我搶走了他最心愛的人……是的，從一出生，我們就彼此嫉恨、彼此厭倦、彼此折磨，我知道自己為什麼每晚都要把他遺忘。對，我不是有意的把他遺忘的。哈哈哈哈。但正是這種無意識的遺忘，更顯示出我的殘酷性，這對他的傷害才會更大……我不知道，也許……對，也許，母親確實是屬於他的，曾經一度屬於他。可是後來……唉，為什麼要有後來呢？一切的壞事都是因為有了後來……應該斬殺後來。世界上不應該有後來……可世界上恰恰有這麼多的後來……對，是後來，後來，後來……後來我出生了，我的出生本身就是一個錯誤，一個極大的錯誤，一個天大的錯誤，一個災難。對，世界性的災難……我的出生傷害了那麼多的人，父親，母親，甚至還有我自己。對，還有大批的觀眾，因為我的演技這麼差勁，我使他們白白的花錢，看了一齣這麼蹩腳、沉悶的演出……對，他們有權利朝我腦袋扔石頭，或者，我應該被他們處死，被他們凌遲致死。對，他們有這樣的權利……父親也有權利掐死我，就像掐死一隻螞蟻，因為我是這樣一個禍國殃民的人，因為神諭上說我是一個危害家庭、危害城邦的人……對，對，他們都有這樣的權利……天賦人權……珍貴的權利，用生命換成的權利……

可是，可是，我自己也是有權利的。對，就是這樣，結果就是這樣，我有權利選擇自己的生活，我有權利做出自己的決定，我有權利選擇結果，我有權利選擇後來，只有

4

我自己才能決定的後來……我明白了，自己的出生，自己的存在為周圍人帶來多麼大的苦痛，多麼大的悲傷，多麼大的冰雹、洪水、屠殺、沙塵暴。我的身上集中了人類幾乎所有的罪惡。看到我的臉了嗎？那是人類所有罪犯的母胎，所有罪犯的臉都脫胎於此。我是惡魔，是撒旦，是原子彈，是核反應爐，是吞噬一切的黑洞……

到時候了，早就到時候了，這個事情二十年前就該決定，可糊塗的我，到今天才明白……到時候了，是到告別的時候了。很清楚……觀眾已經疲倦，已經厭倦，他們哈欠連天，他們精疲力竭，他們忍不住大口喘氣，他們只是為了看戲劇最後的高潮，才甘願忍受這一切，所以，我應快點把高潮戲演完，快點結束，結束這裡的一切……到時候了，早就到時候了。事情很清楚，在我出生的時候，這一切都清楚無比，只不過由於我的愚蠢。笨蛋，我沒有看清這一切，難道我為世間帶來的苦痛還不夠嗎？母親的死亡難道不是因為我的緣故嗎？父親一生的幸福難道不是因為我的出生而毀掉了嗎？觀眾的忍無可忍難道不是因為我做作虛假表演的緣故嗎？世界上一切的殺人放火難道不是因為我教唆的緣故嗎？一切的犯罪死亡凶殺難道不是因為我的影響嗎？世界上一切的疾病，鼠疫、黑死病、麻風病、愛滋病、SARS，難道不都是因為我傳染的緣故嗎？世界上的狂風、洪水、乾旱、火山、車禍、海難……一切一切的災難難道不是因為我暗中作怪的緣故嗎？全世界上每天死亡的一百萬人難道不是因為我影響的緣故嗎……夠了，夠了，這一切早就夠了……結束，該結束了……

我的命運早就被決定了，在我出生的那一瞬間，就被決定了。可惜，我從來沒意識到這一切，只有上天才知道。因為這一點，我的悔恨有多大……是的，我該早點結束，結束這不值得過的一生……哲人說得很對，人生不過是傻子演的一齣戲，充滿了喧譁與騷動，卻沒有任何意義……很不幸，我充當了這個傻子的角色，非我所願，卻是事實……該結束了，傻子該結束自己的演出，因為厭倦已經蔓延了整個舞臺，整個天空，整個黑夜，整個宇宙……很簡單的事情，只不過把燈吹滅，只不過需要一點點的風，一點點的力量，一點點的勇氣，換來的卻是永久的解脫，永久的幸福，世人最強烈的幸福，歡快的舞蹈……哈哈，這交易太划算了，我占了多大的便宜呀……可恨的是，我懂得太晚，我的心竟被糊塗油蒙住了。要不然……要不然，母親也不會因我而死，父親也會更早獲得幸福，也許，在這個時候。他們正在燈下甜蜜的跳舞。心心相通，心心相融，心心相印。而觀眾，親愛的觀眾，他們期望的正是這些，他們也會看得多麼興高采烈呀……

天呀！天呀！我這恥辱、禍害、災難、魔鬼、獅面人身、蛇髮女妖……我還有什麼面目說這些……我需要做的只是輕輕一躍……變成一朵雲。一片雲，被輕柔的風吹著，被溫柔的歌聲包圍著，被溫柔的夜色擁抱著……我需要黑暗王國接納我，永遠收留我，那裡才是我永久的家……

風起來了，這樣的風真好，輕柔嬌媚，還帶著萬分的輕鬆。對，這樣的風，曾經迎接過維納斯的誕生，在義大利多情的海面上……不過，即使迎接維納斯的香風，也夾雜著多少沉重……可是，迎接我的輕風（清風），吹走的卻只是沉重的雜質……彷彿我從來沒這麼純淨、天真、單純……是的，只輕輕一躍就飛起來，在天空中飛了起來，在夜色中飛了起來，在黑暗中飛了起來……

5

我聽見有聲音掠過，似乎是有人在呼叫，寂靜的夜也圍著響聲而泛起漣漪……可是，有什麼關係，又有什麼關係，有什麼關係呢……誰又會眷戀我，眷戀一個早就該離世的壞蛋、臭屁蟲、吸血鬼、殺人魔……是的、是的，我的離去只能使父親、觀眾、民眾、所有人，長長吁一口氣。終於過去了，災難終於過去了，終於可以展顏歡笑了。多好，多麼燦爛的世界呀，多麼清新的空氣呀……不過也許……是的，也許，也許，會有一個人會覺得痛苦，會挽留我，那是母親……對，是母親，是唯一喜歡我的母親……不、不、不，母親已經死去，已經離開這個世界，所以，我是不被需要，不被挽留，我也就不值得活下去……

是的，事實就是這樣……在空中飛舞，被輕風吹動多麼舒服，變成一朵雲彩多麼幸福……是的，這樣的幸福如果我體會過，那只能是在母親的肚子，在她黑暗的迷宮裡……對，這樣的幸福，唯一的幸福，僅有的幸福僅僅是在那裡……如果我有什麼可懷念的話，僅僅是那個世界，那個迷宮一樣的世界……對，我覺得現在我又回到那樣的世界裡，又在那樣的世界中，飛舞、飄動，像雲一樣靈動，像鳥一樣自由……也許，母親正是在遠處等著我……這是個優美、高尚、萬紫千紅的結束。對，這是個幸福的結束……

我不得不承認，這是個幸福的開始，幸福的結束……

至於過程，真的，我們可以忘記……

真的……

5

女巫

1

我是個喜歡做夢的人，而我的夢總是千奇百怪。這一個晚上，當我做夢正酣的時候，我聽到了「嗒嗒嗒嗒……」的聲音，這是一種奇怪的聲音，既熟悉又陌生，既古怪又驚奇，頻率相同，節奏一致，就好像雨水滴到鼓面上，而且雨水還引起了鼓面的顫慄和不安。它又像錘子敲打著心臟，雖然心臟的承受力很強，但無論如何，這都是一種要命的折磨。我聽了一會，大約有五分鐘的時間，或者更長的時間，在半夢半醒間，我希望這種要命的響聲能夠停止，這樣我就又能沉入夢鄉，但「嗒嗒嗒嗒……」的聲音仍固執的響個不停，也沒有要停止的一絲跡象。

我嘆了口氣，我想也許是下雨了……天意不可違……沒有辦法，只好披衣下床。屋內很黑，伸手不見五指，我極小心摸索著前進，但還是被一個凳子或什麼物品絆了一下，幾乎要跌倒。我揉著發疼的膝蓋，走到窗邊，窗戶緊閉著，鐵鋼筋和木棍子嚴密裝飾著窗戶，似乎預防著蚊子不要進來，幾乎不留一點空隙。窗外似乎更加黑沉，這正是夜正黑的時候，外邊沒有人，靜悄悄的，偶爾有一聲狗的狂叫聲在天邊傳遞。天陰沉著，沒有一顆寒星，我忘記了這是什麼季節，也不知道幾點。一陣風吹過來，我身上的雞皮疙瘩上來了，我趕緊離開了窗邊。

「嗒嗒嗒嗒……」的聲音仍響個不停。我已經基本能判定，這並不是雨滴的聲音。下雨的時候，無數的雨點在不同的時間擊在廣闊的地面上，它們是製造不出如此和諧一致、整齊統一的步伐的。事實上，我喜歡那種淩亂的雨聲，但這種單調絕望的「嗒嗒嗒嗒……」仍響個不停，也沒停止的希望。

屋內很黑，我眼睛已逐漸適應了這種黑暗。這裡很雜亂，椅子東倒西歪的放著，怪不得我的膝蓋被絆得這樣疼痛。地板上堆著各種淩亂的雜物，踩在上面軟綿綿的。我撿起一件，那是窄窄的筒似的布。我看了一會，終於想起那可能是上衣的一個袖子。「嗒嗒嗒嗒……」的聲音仍響個不停，如野獸啃噬骨頭的聲音，如鐵鏟的尖頭在水泥地上拖著的尖叫聲，我扔掉了那筒似的袖子，捂住了耳朵。

我很疲憊，就坐在地板上，一個圓滾滾的東西刺激著我的屁股，我把它抓起來，那是一個布娃娃圓滾滾的頭部，它的假髮瀏海很漂亮的貼在額頭前，嘴唇紅豔，似乎剛塗抹過口紅。它的臉色也很蒼白，又髒兮兮的，沾滿了汙垢。它的眼睛是用黑色的玻璃球做的，但現在卻缺了一隻，似乎被老鼠或什麼東西給挖走了。它那隻美麗的缺少眼珠的眼睛裸露著它更加真實的身體，能看見一些骯髒的棉花團和棉花套子充塞著它聰明的大腦。它沒有了四肢，沒有了漂亮的衣服，沒有了美麗的脖頸，只剩下古怪的頭顱。我似乎覺得那布娃娃很熟悉，但近來我常顛三倒四，所以無從判斷我以前和它是什麼關係。它一點也不為自己沒有了身體而苦惱，不為自己的殘缺而鬱悶，它似乎忘記了自己的不幸，忘記了自己的一切……它撇了下嘴，我想，那是它笑的表示，但我卻無從判斷它是在微笑或者嘲笑……「嗒嗒嗒嗒……」的聲音又在響，事實上，它一直在響，只是我剛才看布娃娃入了迷，就忘記了它的存在，但這是不好的。我扔下那怪怪的如皮球或西瓜一樣的頭顱，它甚至還像皮球那樣上下彈了幾下。它又撇下了嘴，最後它終於安靜的躺在了它的地板上。

屋內泛著光，我走到衣櫃旁，想看穿衣鏡中自己的樣子，但奇怪的是，衣櫃中的穿衣鏡竟然不翼而飛，只有一些雜亂的衣物。原先裝著鏡子的衣櫃一角，現在空空的，就如長著翅膀的鳥一樣飛走了。我走上前去，本來我的預期是看見鏡子中還像昨天一樣英俊的自己，但現在我只看見衣櫃中堆放著雜亂的衣服……燕尾服、馬褲、禮服、襯衫……這太奇怪了，就好像睡了一覺後，我突然變成了那些雜亂堆放著的衣服。我的頭變成了帽子，四肢變成了襯衫馬褲。我突然成了那些帽子、燕尾服、馬褲、禮服、襯衫的化身……想起這些，我覺得好笑，但又覺得悲哀。我每天都要照兩次鏡子，睡覺前和起床後，這是二十年來我雷打不動的習慣……但現在沒有了鏡子，我終其一生養成的習慣就在這個晚上被打破了，如同那個鏡子一樣，我二十年養成的習慣也突然不翼而飛……我覺得悲哀。昨天晚上睡覺前，我還照了一下鏡子，我甚至想起這些來了……「嗒嗒嗒嗒……」的聲音仍在耳邊不斷的迴響。

一切都變得這樣古怪，在睡了一覺之後。還有更古怪的感覺，但我一時找不到那是什麼。「嗒嗒嗒嗒……」的聲音更加刺耳，更加不能忍受。我明白了，這種奇怪的感覺就是這個古怪的聲音變得更加強烈，更加喧鬧，也更加寂寞而不能忍受。我又仔細的聽了聽，果然，那「嗒嗒嗒嗒……」的聲音變得更加劇烈，而且我也判斷出了一個明顯的事實，這個更強烈的「嗒嗒嗒嗒……」聲並不存在於我想像中，事實上，它確實在加劇強大，膨脹著自己的勢力。「嗒嗒嗒嗒……」！

我幾乎又要捂住了自己的耳朵，那鋸子已經開始鋸著我的心，似乎因為就要勝利而更加狂喜，或者如白骨精因吃人不斷加大著自己的魔力而狂喜著，或者如激情的男人在高潮的前夕不斷加大的呻吟與顫動。遠方有一隻夜狗也在狂叫，似乎牠們正在媾和。「嗒嗒嗒嗒……」聲似乎要達到了它的高潮。狗在狂笑，狗在呻吟，狗在哀嘆。牠在狂笑，牠在呻吟，牠在哀嘆……

我早已倒在地板上，似乎有一雙鐵手在緊緊扼著我的喉嚨，不能掙扎，不能動搖，

1

不能抗拒，如夢魘一般。我出了許多冷汗，我不由控制的大叫一聲，並掙扎著搖擺著自己的身體，勉強的睜開了自己的眼睛，搖擺著頭，努力的張大嘴打著哈欠，一切都沒有效果，這樣努力了好幾次……我驚慌的用力掐自己的手臂和大腿，直到最後一次才覺得稍微清醒一點。我又努力張大了嘴，打了個哈欠，讓自己的感覺恢復過來，這才感覺好一點，慢慢清醒過來，身體也一點一點的恢復了活力。我慢慢的爬起來，「嗒嗒嗒嗒……」聲似乎也變小了。

我終於明白了「嗒嗒嗒嗒……」聲來自何方。我環顧四方，它原來是穿衣鏡桌子旁邊的一個怪物體。我站在穿衣鏡的桌子旁，它也在附近，因此它的聲音增大了好幾倍。黑漆漆的身體，玻璃的門泛著白光，如野狼白森森的利齒。它的臉是圓的，還有兩三個古怪的長長的細棍子一樣的東西，像劍，那似乎是它的眼睛。但還有比這更邪惡的眼睛嗎？它們似乎還表示著訕笑的表情，似乎是卑賤的小人，因為我發現了它們的邪惡而對我發出討好的笑容。這是不能容忍的，因為它們的罪惡。那「嗒嗒嗒嗒……」聲還在響，但聲音小了下去，似乎如同剛偷過東西的小偷正好被人逮住，雖然他百般掩飾，百般狡猾，百般狡辯，但無奈，他手中的贓物正是他罪惡最恰當的證明，那聲音就是它的贓物，我要判決它。「嗒嗒嗒嗒……」

我走向前去，我慢慢的踱著步，似乎正在美麗的湖邊優雅的散步，似乎周圍的景致美豔得使我流連忘返。我嘆著氣，搖頭晃腦，假裝著因為周圍的美景感動得痛苦起來，甚至痛苦得不能自拔，我甚至要流下眼淚來……對於馬上就要捕獲龐大獵物的勝利者來說，每一分鐘，每一秒鐘的延長……都是對他馬上就要到手的勝利的獎賞，加倍膨脹。對，喜悅因為每一分鐘，每一秒鐘……的延長都成幾何倍的成長。很明顯，對手如此弱小，如此不堪一擊，似乎是一個弱不禁風的人，而我就是那十二級的颶風。「呼呼呼呼……」我呼嘯著穿行在房間中……「嗒嗒嗒嗒……」聲已經很小了，似乎還伴隨著絕望的哀求和無望的呼救，但那是沒用的。我沒有悲慈的力量，我不是佛祖，對於該滅亡的東西我毫不手軟。我，只會為了自己的喜悅而延長它的壽命，但這種延長也是很有限度的，我更喜歡享受親手結束自己敵手時的快感。「嗒嗒嗒嗒……」

我終於踱到失敗者面前，留連忘返，滿面春風，但我很克制著自己的喜悅，以免那強大的喜悅壓倒我的理智。「嗒嗒嗒嗒……」聲還在響，但我已能聽到它的恐懼和乞求，我毫不在意，我開始撫摩著它光滑冷冰冰的面容，我撫摩著它黑漆漆的身體，我能感覺到它的恐懼和顫慄，它們透過我的手傳達到我的身體，如電擊一般，我閉上了眼睛，我享受著這種快感。它細棍一樣像劍一般的眼流著屈辱的眼淚，洩露著無奈的屈服。「嗒

1

嗒嗒嗒……」

我發現這個古怪的東西還有門，那是它的肚子，也正是它的氣門所在。正如每一個漂亮的人都要穿著精美的衣服，這是她們他們地位的象徵，也是我快感之源。我輕柔的撫摩著它的衣服，那細紗一般衣服下面滑膩的皮膚，我感覺到更大的顫慄從它到我身上傳過。我閉上了眼睛，延長這一刻，這一分，這一秒……「嗒嗒嗒嗒……」聲也更加美妙動聽。

我終於打開了它的門，褪掉它所有精美的衣服。「嗒嗒嗒嗒……」聲更加刺耳緊張，如一個柔弱的洗澡者因為偶然的迴轉，卻突然看見一個強大的入侵者正貪婪的盯看著。它發出了驚恐尖叫的聲音，但這絲毫改變不了它的命運。相反，這種叫喊只會激起征服者更加瘋狂的欲望……它也很明白這一點，只是控制不住，很本能的在叫喊，完全顧不得更壞的結果……不會有人聽見的，也沒有人來搭救，它毀滅的命運也是改變不了的。

「嗒嗒嗒嗒……」

但我很明白，那聲音正來自我打開的門裡面，一個銀白色的圓錐形不斷左右搖擺著，聲音正來自它的左右搖擺，左右掙扎中。「嗒嗒嗒嗒……」它響個不停。因為屈辱，它的聲音加大了幾百倍，做著最後垂死的掙扎，它叫得更歡暢更響更強大，它的生命力在最後的時候變得更加鮮豔透亮。我變得十分憤怒，那聲音刺激著我，向我挑戰，向我嘲笑，那聲音也把我所有美好的心情毀滅掉了，把我享受勝利前最後的喜悅毀得一乾二淨。「嗒嗒嗒嗒……」它似乎又開始了大笑、獰笑、狂笑。「嗒嗒嗒嗒……」一刻都不停止，因為我似乎被它擊敗了，因為它看到了我因為聲音而焦躁不安。「嗒嗒嗒嗒……」叫得更歡暢，那狗也開始配合它而狂吠……牠們似乎在舉辦最後狂歡的媾和……「嗒嗒嗒嗒……」

我又要倒下去，這只能更刺激它們的表演，它們只能叫得更歡暢。「嗒嗒嗒嗒……」那聲音如飛機的轟鳴聲，我天旋地轉起來……在這戲劇性勝敗馬上就要扭轉的時候，我咬著牙，我抓住最後的機會，我突然振奮精神奮力一擊，我用最後的氣力緊緊的抓住那要命的銀白色的圓錐形。「嗒嗒嗒嗒……」它發出了靈魂中最徹底的恐懼聲，我似乎想停下來，想繼續享受那勝利的快感。「嗒嗒嗒嗒……」但我只是狠命的一拽，「嗒嗒嗒嗒……」終於不再發出，一切都戛然而止。這是個靜止的世界，也是喪失了刺激的世界，我甚至懷念起那「嗒嗒嗒嗒……」的聲音，但它不會再來了。永遠不會再來了。

我低頭看著那銀白色的圓錐形，它像孩子一樣溫柔的躺在我懷裡，喪失了所有的光澤，只變成了一個醜陋不堪的物品，冷冰冰的。我厭惡的心情馬上就湧上來。我把圓錐

1

形扔在地上，「咚」這是它最後發出的聲音，再也沒有了「嗒嗒嗒嗒……」。

我再去看那古怪的物體，它的洞門大開著，但卻被洗掠一空，它喪失了自己所有尊貴的東西。因為它不再能發出「嗒嗒嗒嗒……」聲，它已經死去，它細棍子像劍一般的眼睛也喪失了曾有的光芒，智慧的光芒，理性的光芒，勝利者的光芒，它們只安靜的閉著。對於它來說，一切都遠去。我很厭倦的看著它們，我想起了它們過去的嘲笑，終於，我把它們細棍一般的眼睛拽出、折斷，丟在地上。那劍一般的物體刺傷我的手指，血流下來，但那怪物體終於變得面目全非，再也沒有了「嗒嗒嗒嗒……」。

我疲憊至極，也覺得甜蜜。我坐在地上想了一下，本來我想仔細品嘗自己甜蜜的勝利果實，但一段時間後，（我不知道多長時間，也許幾分鐘，也許幾秒鐘，也許幾小時，也許只是很短的時間。）我的甜蜜卻被取代。那是一種很奇怪的感覺，一種模模糊糊的不對勁的感覺，因為我很清楚的記得晚上睡覺前，這裡並沒有這個奇怪的物體，即使有，照我的本性來說，我也不能容忍它不斷的發出「嗒嗒嗒嗒……」的聲音，我早就會把它撕得粉碎。這是很自然的事情，我不能容忍在我的領地，存在著這麼個古怪的物體，就如同不能容忍天國中隱藏著魔鬼、地獄中隱藏著天使一樣。我突然覺得一股涼氣從腳底直往上冒，脊梁骨也在冒著冷汗，我模糊的意識到在這個怪物體背後隱藏著一個極大的陰謀……一個要摧毀什麼的可怖的陰謀……

這樣推導的結論只能是一個，一個很可怕的結論，也就是說，一定是在我睡覺的時候，有什麼人或物體來過。想到此，我打了一個冷顫，而且這肯定是一個無可更改的事實，這個怪物體不請自來不就是個明證嗎？還有，我的鏡子也被什麼給弄走了，布娃娃的軀體一定也是在這個時候，被這個古怪的東西或人給偷走的，還有凌亂的衣服……能證明這個結論的證據是越來越多了，身上也越來越冷，我緊緊的裹起衣服……

我的眼睛現在已經很適應屋內黑暗的環境。我發現越來越多古怪的痕跡，比如我甚至在一個掀翻的椅子旁發現了一段繩子，在角落裡還發現了花瓶的碎片，還有一朵已經枯萎了的玫瑰花。幸虧那些碎片是在角落裡，不然我光著的腳板有可能早被劃破，血會順著我雪白的腳丫流出來。我不寒而慄，恐懼感越來越重……還有地板的凌亂……我想了大概有十五分鐘的時間，或者更長，終於不得不承認這個可怕的結論，顯然，有人在我睡覺的時候來過這裡，並且越來越多的證據顯示這裡剛進行過一場搏鬥，也許是你死我活的生死搏鬥……衣服肯定是在撕打中被扯破的，花瓶肯定是扔向敵手的，但被巧妙的躲了過去，所以看不見血跡，繩子也許是用來捆綁被打敗的人……

但是，但是現在只有一個問題。誰來了？誰拿走了鏡子？誰撕碎了布娃娃的軀體？

1

誰搬來了這古怪的物體？又是誰和誰在搏鬥？誰扔的花瓶？誰巧妙的躲了過去（動作多麼敏捷。姿態多麼優雅）？誰被打敗？誰被捆綁？最後又是誰掙脫了繩子？誰又逃到哪裡去了？……

這一切問題攪纏在我頭腦中，如亂麻一般。我很明白，這一切問題都很重要，對我理解這個混亂的局面都很重要，可我卻一無所知，一個問題我都回答不出來。周圍正在醞釀一個陰謀，一個可怕的陰謀，一個摧毀一切的陰謀……可我卻蒙在鼓裡，最終一無所知的我就成了陰謀的受害者……多麼可怕呀！我的頭變得更疼了，我的腦袋也變得更加混沌了，我覺得更冷了……沒有辦法，我撿起一件稍微還算齊整，只是袖子被撕裂的大衣披在身上。

我只覺得疲憊，勝利的喜悅早就被這些神祕的不可解釋的現象所取代。經過了這麼多事，經過了這麼多的偵察，經過了這麼多思考，我也不知道花去了多長時間，我只知道自己今晚再不能睡著了，而且這些問題我再也想不出來答案……管它呢，聽天由命吧，得過且過也是一個很好的辦法，也許明天這一切都會很清楚，水落石出，但我現在只覺得疲憊……我想換個環境……調節一下自己緊張的神經，我想打開門，到大廳裡去，也許那裡會有什麼新奇的事物吧。

2

我打開了門，但令我奇怪的是，大廳裡倒有光亮，那是蠟燭昏暗的在燃燒。我突然進入一個光亮的地方，我的眼睛被刺激，眨了幾下眼睛，身體也忍不住後退。等我漸漸適應大廳裡的光亮後，我發現這裡沒有一點的改變，還和我睡覺前一樣。椅子在昏沉的打著盹，燈光把它的影子拉得老長，沙發還在老地方躺著。亞麻色的沙發罩雖然疙疙瘩瘩，但還在反射著溫暖的光芒，賞心悅目。書櫃似乎也在嗜睡。八仙桌上整齊的放著所有熟悉的物品，茶杯、茶壺、花瓶、鮮花。牆上還是那張老畫，那是一個老年女乞丐在大街上卑賤的向行人乞討微笑的畫。這些都是我很熟悉的事物，沒有一絲的改觀，這是安靜的時刻，我這才稍微放下心來。我走動了幾步，做了健身操的幾個踢腿動作，我甚至還放了幾個響屁，我覺得心情舒暢了許多，也丟掉了心中很多沉重的東西。我想起了藝術，就開始咿咿呀呀的練起歌聲來。

「您起來了？」一個聲音突然響起。

我嚇得幾乎要驚叫起來，我以為大廳是沒有人的，所以心理上根本沒有想到有人會對自己說話，就如黑夜中，一個人走到牆拐角處，突然有人從另一面衝出來，對著還驚愕的臉，大喊了一聲，然後飛快的跑掉，只剩下混雜著驚愕恐懼還有憤怒的臉，聽說這樣的情況會嚇死人的。我還在驚愕中，甚至連憤怒都忘記了。

「您怎麼了？還很不舒服嗎？」那個聲音仍問著，似乎很關切。

我終於驚叫起來，如老鼠一般飛也似的奔逃起來，我奔到椅子旁，想躲在那裡，但光亮很清楚的照著我的影子，老長老長，這是不能隱藏的。我又害怕起來，急忙奔到八仙桌旁，果然，這裡好一點，光亮照不見我，我的身影很好的隱藏到八仙桌的黑暗中，我的心稍微安定了一下。

「您究竟在做什麼？我已經看見您了。為什麼您還要躲藏呢？」那聲音還固執的問我，它似乎生氣了。

它的話很有道理，我甚至羞愧起來，因為自己的不理智，因為自己的膽小如鼠。我的臉紅了，如果有個地洞該多好呀……我身子稍微抖了抖，就發抖的從黑暗的藏匿之地走出來，慢慢的，極不情願的。我知道自己做錯了，等待著受罰，像個小學生。

「王子，您已經這麼大了，怎麼還是這樣？」那聲音似乎有點氣憤，因為我的不爭氣。

我的臉更紅了，我的手緊緊撕扯著衣角，我覺得很羞愧，但我還是忍著害怕，偷偷的用眼角瞄了那發出聲音的地方。那是個高大威猛的男人，如獸一般，他很奇怪的坐在沙發上，身上還搭著米黃色的沙發罩。我突然明白了，我進大廳的時候沒有看見他，他是用沙發罩蒙著自己在睡覺呢！我為著這一點發現而高興，我忘記了害怕，甚至興奮起來……那獸似乎也意識到了我的興奮，他變得更加惱怒。

「您怎麼不說話了？王子，您究竟在做什麼？」那威猛的獸猛的站起來，向我走來，他高大的身軀把燈光遮得嚴嚴實實，我的一切都被罩在他的陰影中。我害怕得發抖，也許他是野人，他要吃了我吧？想到這個，我的寒毛都豎起來了。我向後驚恐的退著，但不爭氣無力的腿卻把我絆倒在地，那獸仍勻速的走近我，我只好用手的力量拖著自己竭力後退著，但那獸卻離我越來越近，我被吃的命運就這樣被註定了嗎？我是無處可逃了。想到我也要變成那無頭的布娃娃，想到自己被吃掉後白森森的頭顱，我終於大叫一聲，幾乎要昏厥過去。

那獸似乎也發現了我的驚恐，他終於站住了，我仍渾身發抖。他用那水晶一般黑葡萄的眼睛定定的看著我，我也定定的看著他，似乎我們都想弄明白對方是誰，似乎我們都被施了魔法，似乎我們只是喜歡表演著這種不動的動作本身……我不知道到底是什麼原因，我所知道的只是結果和事實本身。我們都呆呆的一動不動，如塑像一般，也不知道過了多長時間，或者很長，或者很短，似乎那獸才意識到自己的失態。

2

「王子，您不要害怕，您真的不認識我了嗎？我是您的侍衛、侍衛呀！」他熱情的對我說，他甚至想伸過手，攙扶我起來。我拒絕了，雖然他友好的語調和行為暫時消除了我的害怕，但我不是三歲小孩，我是有理智的人，不能他說什麼就相信什麼，必須要自己觀察，自己判斷，自己下結論。

我推開了他的手，自己爬了起來，拍了拍身上的土，我後退了幾步。他離我太近了，我看不清他的容貌。我又後退了幾步，但他的身影把燈光擋得很嚴實，我仍無法看清他的臉。沒有辦法，我只好向旁邊走了幾步，也許，這樣可以看清他臉的側面。

在我這樣做的時候，他很聰明，他猜透了我的意思。他轉過身拿起自己身後的蠟燭，他照著自己的臉，那是一張三十多歲英俊男人的臉，雖然有著皺紋，但仍顯示著他的聰明、機敏、成熟、卑鄙、世俗、野蠻、堅強，和淫蕩。是的，他是個淫蕩的人，我這樣判斷著。他的額頭上有一塊新的疤，剛用紅藥水擦過，我似乎對那紅疤很熟悉，就盯著它看，想研究它紅顏色的意味。

他果然很聰明，他看出我的意思來。他一手拿著蠟燭，一手指著自己額頭上的疤，賣弄的說：「王子，您忘記了？這個疤痕還是昨天您用墨水瓶砸向我的。我是您的侍衛呀。」他搖頭晃腦的說，似乎想引起我的同情。「流了很多的血。」他補充著。我厭惡起來，果然記起他就是我的侍衛。

「怎麼?你想讓我再砸一個疤給你嗎？」我大聲嚷著。他嚇壞了我，這個可惡的侍衛，他肯定是藉機向我報仇，他是故意在嚇唬我，他要狠狠報復我。這個可惡的傢伙。想到這一點，我更加氣憤了，肺簡直都要炸了。

「王子，您又激動了。公主剛剛交代要您好好休息。您結婚已經一年了，可還像過去一樣激動。」侍衛輕聲說著，似乎很為我嘆息。他的聲音很輕，一般人是意識不到那話背後的責備，我明白他的意思，他的潛臺詞。

我的臉又紅了，我變得很羞愧，很為自己剛才的大聲嚷嚷而臉紅，但我馬上想到我是王子，我要在侍衛面前保持自己的尊嚴。我假裝根本沒感覺到他言語背後的責備，侍衛也很聰明，他也裝做什麼事也沒有，我們都裝做什麼事也沒發生。這個陰謀家、騙子、色魔。可惡，我在心裡狠狠的罵了一下。我想起了客廳裡缺少什麼東西，一件最為重要的東西……我四顧茫然的尋找……

「您在找公主嗎?」侍衛殷勤的問。

我明白過來，客廳裡缺少的正是我最心愛的人，那是公主，我美麗的公主，我高貴的妻子，我生活了一年的伴侶。我掩飾自己的慌亂、緊張，我坐在椅子上，打了個哈

2

欠，伸了一下懶腰。做了這些很細小的動作後，我故意用最漠不關心的語調。

「公主去哪裡了？」我問。我想這樣也許，也許可以掩飾住我的失態吧。

「公主出去了。」侍衛殷勤的說，似乎想討我的歡心，這個大哈巴狗。

「哦——」我拖長了聲音，用一種舞臺腔來表達我的驚奇。我走到八仙桌旁，拿出花瓶中的玫瑰花，在手裡把玩。有一分鐘的時候，我裝出思考的樣子，似乎想思考剛才那句話的含義。然後，我坐在沙發上，繼續把玩著花，侍衛則始終在我身邊跟著我，看著我的臉，很殷勤，充滿了討好的媚態。我轉過頭，去看牆壁上的畫，可是，在我轉頭的一瞥中，我看到了侍衛滿臉的不屑、厭惡、嘔吐，他的大舌頭甚至很長的伸了出來，紅紅的，像大狼狗。我轉過頭，哆嗦了一下，畫中的老乞丐也向我伸出大舌頭，紅紅的，像母狼。我頭腦旋轉起來，可我努力控制著。我閉上了眼，沉了下去……一陣疼痛。我睜開眼，繼續把玩著花，刺終於又扎了我一下，這一次，也許是故意的，我不知道，右手中指上湧現出紅色的液體。我把手指放在口中，鹹鹹的，老乞丐還向我笑著，呲牙裂嘴。我回過頭，很長的時間，我們沉默著，我看著遠方，侍衛忠心耿耿的躬腰站著。他的影子也躬腰，等候著，時間越長，越難以忍受，我知道自己需要打破沉默。

「哦？公主出去了？」我問，很驚奇的問，看著手中的花，它嬌豔而美麗，含情而羞怯，像一年前我純潔的公主。

「對，公主是出去了。」侍衛很熟練的答道。這半天，他就為等待這句話，這半天他就是為這句話活的。他並沒有抬身，但他的影子動著，這顯示著他是個活的物體，那聲音是從他看不見的嘴中說出的。我仍把玩著嬌小的花，只是更加小心避免著刺，那可怕的刺。

「是這樣呀。」我只能重複他的話，似乎表示著驚訝。很明顯，既然開了口，就要不停的講下去。還能有什麼辦法呢？我害怕沉默，我害怕在沉默中侍衛把我的一切看透，這是可怕的，就如同我赤身裸體的被他注視著，而他穿著完好的衣服，只是欣賞小丑般的看著我。在開口說話的時候，在把玩花的時候，我不用想很多問題，這是一種逃避，也是一種解脫。我也是聰明的，比一般人想像中的要更聰明，我有自己的方法，我有自己的把戲，我有自己的策略和行動。

我站起身，左手端著燭臺，右手拿著鮮花。蠟燭流著眼淚，悲哀的看著我，它在訴說什麼嗎？它在乞討什麼嗎？……我無暇顧及，（孤寂……）只在大廳裡四處走動。牆壁上滿是發霉的斑點，如死人臉上的黃斑。八仙桌、書櫃、沙發、花瓶、畫中的老乞丐等等，都向我微笑著，低垂著臉龐，像溫柔的侍女。幾隻蟑螂從我腳下爬過，燈光把牠

2

們的身體照得很清楚。我低下身，把蠟油澆在牠們身上，可牠們跑得很敏捷，像發情的猴子。我饒有興味的觀察著牠們美麗的大腳，之後，我站起來。在我做這些的時候，侍衛一直很忠心的跟在我身邊，躬著腰、垂著手。我們的影子平行的印在地上，一個要比另一個長一倍，那是我的。我斜眼看了一下侍衛，覺得他像滑稽的猴子。在我們繞著大廳走動的時候，他斜著的肩膀不斷向兩邊抖動，左一下，右一下，很像很久以前我看過的一個舞蹈，我忽然很想騎在他身上，那會很舒服。

我用馬鞭抽著他肥大的屁股，他會像野豬一樣跑得飛快，撒開腳丫橫衝直撞。他會把大廳裡所有的東西撞壞，八仙桌、椅子、書櫃、茶杯、茶壺，會很響的飛到地板上。他會用自己的鐵蹄，把花瓶爽快的撞碎，鮮花會被他的蹄子踩成碎片。他會用自己的長牙，把沙發推倒踩碎，他會把米黃色的沙發罩撕碎，還有那狂笑的女乞丐也會被他吞到肚裡……而我則一直騎在他的背上，指揮著他，像個英勇的軍官。也許我會吹起牧笛，最後我們會在一片狼藉的大廳裡，狂歡跳舞，再邀請一批森林裡的動物群魔亂舞，我們狂歡的舞蹈會踩碎地上所有的東西，那些玻璃碎片也許會進入我光著的腳丫中，我會感到致命的刺疼，但那刺疼卻更加刺激著我的舞蹈，使我不能停止。每一次跳躍，在接觸到地板的那一瞬間，都會有深入骨髓的疼痛，但這疼痛卻是催化劑，只能讓我在下一次的跳躍中飛得更高、更快、更美，永不停歇。而那紅色的液體，斑斑點點，會把地板裝飾得更加美麗，如美麗的玫瑰花，如美麗的天國花園……做任何事情都要付出代價，而那疼痛和紅色的液體就是我的代價，也是我的獎賞，是我的勝利品，它標誌著我的艱辛的努力和辛勤的汗水，那是我不朽的獎章，是我永久的塑像，是歷史書上我永恆的勝利。那一天將是世界上最大的節日，超過了我和公主結婚時的歡慶，那將是最幸福的一天……我嘴角動了一下，閉上了眼睛，在空中飛舞著……

不知道過了多長時間，我的手又感到了疼痛。我睜開了眼睛，但並不是拿花的右手，是左手。蠟燭流出的熱油滴在我嬌嫩的皮膚上，起了一個泡，慢慢的鼓起來，越來越大，像蛤蟆的肚皮，像氣球。我厭惡起來，隨手就把燭臺扔在桌子上，它搖擺著，頷首著，有幾次它甚至就要倒下。它努力的掙扎著，不屈的戰鬥著，最後它終於平穩的站著，像個勝利者一樣微笑著。

我十分疲倦，坐在沙發上，侍衛仍低垂著頭恭敬的跟著我，我們昏暗的影子交織在一起。我想起了手中的小花，仔細的把玩了一會，小心避免著刺。我想起了公主，美麗而嬌豔的公主。

「你是說公主出去了？」我很驚奇的問。

2

「對，公主出去了。」侍衛熟練的回答，似乎一直就是老師和學生之間熟練的問答，這樣的問答想必曾經有過很多次。

「哦——是這樣的，在這樣黑的夜晚？」我意味深長的問。

「對，是的，公主是在這樣黑的夜晚出去了！」侍衛也抬著卑微的頭，盯著我的眼睛，一字一頓，意味深長的回答。

「哦——哦——」我只能驚叫，表示著我強烈的驚訝。「公主出去了，在這麼黑的夜晚出去了，公主在這麼黑的夜晚出去了。」我站起來，踱著步，合著他的節奏，一字一頓，意味深長的說。這是拙劣的表演，可我停不下來。

「可是為了什麼？」我緊緊的盯著他的眼睛，我突然發現了問題的關鍵，致命的關鍵所在。我一直陷入自己荒唐的想像中，而忽略了這個最為關鍵的問題。「公主為什麼在這麼黑的夜晚出去了？」很明顯，事情一定萬分緊急，刻不容緩，十萬火急，性命攸關，所以，公主才在這麼黑的夜晚出去！可是公主為什麼出去？嬌嫩的她為了什麼必須要在這麼黑的夜晚出去？不怕危險，不怕野獸，不怕惡魔，在這麼黑的夜晚出去？可她出去要做什麼？她要去找人嗎？但這可能嗎？不，如果公主真的是去找人，那麼，她是去找誰？去辦什麼事情？她去找的人會答應她的請求，她可憐的請求嗎？她的願望會實現嗎？公主會回來嗎？她能在這麼黑的夜晚安全返回嗎？在她返回的途中，她能安全逃離野獸和惡魔的糾纏嗎？公主能帶著勝利答覆回來嗎？公主能毫髮不傷，臉色紅潤的回來嗎？我突然覺得內心有一種鑽心的疼痛，眼神模糊，我把花扔在地上。

「為了什麼？哦，不知道……我，我也不知道。」侍衛第一次結結巴巴起來。

「不知道？！」我嚴厲的盯著他的眼，侍衛卻慌亂起來，他的眼神逃避著，渾身哆嗦，像個被緊逼的老鼠。我明白侍衛一定知道背後的隱情，這個撒謊鬼、騙子、惡魔。我走了過去，舉起手，侍衛渾身發抖，他的衣服像糠皮一樣顫抖著。

「王子，您饒了我吧！我真的不知道公主為什麼出去，王子饒命呀！」侍衛跪在地上，頭很響的碰在地板上。「咚咚咚咚……」很響的聲音在黑夜中蔓延、傳唱，野狗也回應著，發著哀鳴。他的頭上又要留下傷疤，明天又要擦紅藥水了。我嘆了口氣，充滿了憐惜。

「好了，就算你不知道。這次就先饒過你。」我說。侍衛抬起頭，露出狐疑的神色，卻正碰見我盯著他的目光，遲疑了一下，他趕忙又熱情的磕著頭。「公主在這麼黑的夜晚出去。是要找誰？」我一字一頓。終於問出了最為關鍵的問題。很明顯，在這麼黑的夜晚，在野獸出沒的夜晚，公主很顯然不是一個人去散步的……公主一定是去找誰去的。這個誰，可怕的誰也許是整個一切問題的關鍵核心所在。

果然，那廝終於驚恐的抬起了頭，眼睛像野豬一樣可怕的瞪得老大、老大，嘴角甚至流著口水，拖得老長、老長。他也沒意識到，只沉浸在一種驚愕的表情中，他似乎聽到了最為害怕、最不願面對的問題，他的表情僵固了也不知有多長時間。我反而不急了，慢慢、輕鬆的踱著步，我饒有興味的看著他，欣賞著他，把玩著他，看著他誇張的牛眼睛，看著他的唾液如同線一般流成河。他的黑黑的影子把白的牆壁也掩藏起來，和他一樣，影子也驚愕的流著唾液。我欣賞著他的表演，罪犯狡猾的百般狡辯，竭盡全力證明自身的清白，手臂亂舞，唾沫星子飛濺著，而法官只是輕鬆的欣賞著。法官手裡掌握著確鑿的證據，那要命的證據會揭露罪犯的一切謊言，會證明罪犯可怕的罪證，而在這之前，沒有必要打草驚蛇。再說，在這麼優秀的表演面前，如果缺少一個好的、趣味高尚、有著良好的審美鑑賞力的觀眾，一場精彩的表演不知道要打多少的折扣。所以我甘願充當著這個必不可少的觀眾，但我也是法官，我只是靜靜的等待著罪犯原形畢露的最後時刻。那時，我要敏銳的踩著他的尾巴，他就當場被我抓獲了……

也不知道過了多久，侍衛終於驚醒過來，突然意識到了自己的失態，他就更加驚恐，於是就用加倍誇張的表演來掩飾一切。很顯然，他已完全忘記了自己的表演是否使人信服，他已無暇顧及了。他嚎啕大哭起來，像三歲的嬰兒……終於看不下去了，我站起來，拍了拍他的肩膀，安慰著他，「說吧。」我溫柔的說，甚至還對他笑了一下。

「什麼？」他突然停止了哭泣，雙手緊緊保護著自己嬌小的心，躲避著黑暗的箭。這種收放自如、高超的演技很不錯，我在內心暗自讚嘆。

「說吧。」我側著身子看著他的臉，燈光昏暗的照著他的臉，上面還有著未乾的淚痕，葡萄一般的大眼中還有晶瑩的東西，很短的鬍子上也沾滿了水一樣的東西，那是鼻涕。經過這麼長時間高超而低劣的表演，他已經疲憊得要死，這正是罪犯最疲憊的時候，正是最容易暴露缺點的時候，我不能放過最佳時機，手軟不能做法官，心善不能判決人死刑。我拿起桌上的燭臺，放在侍衛的鼻子前。「說吧，說，公主在這麼黑的夜出去找誰？」我親切的說，滿腔溫柔。

「我真的、真的不知道呀！王子，饒了我吧！」蠟燭如燃燒的炭，他感到灼熱，他不斷躲避著蠟燭的進攻，最後，他完全躺倒在地板上。蠟燭繼續勻速前進著，我聞到了一股飯燒焦的味道，一股白煙在我眼前沸騰，就如妖怪逃走後施放的氣體。他大叫了一聲，他美麗而高聳的鼻子紅了一下，接著變成黑色、灰色，如燃燒過後的炭。

「我說，我說，我全交代。」侍衛上氣不接下氣的說，眼中充滿恐懼。他終於知道我

2

的厲害了，我滿意的放下蠟燭，心滿意足的坐在沙發上。暗紅色的花兒在我腳旁歌唱，我撿起來，用它鋒利的刺玩弄著指甲。燈光昏暗，夜色昏沉，這本是做夢的好時候，我沉重的打了個哈欠，我等待著。

「公主，公主。」侍衛的眼神左顧右盼著，似乎在等待著什麼奇蹟降臨，可我知道不會有的。我點著頭，鼓勵的看著他，「對，公主，公主。」

「公主出去是……公主在這麼黑的夜晚出去是……為了，公主是為了找一個人。」侍衛沉重的嘆了口氣，似乎說出了自己最不願意說出的東西，無地自容。我身子前傾，停止了花與指甲的遊戲，到了關鍵時刻，必須打鐵趁熱，罪犯在交代出了最細小的罪行後，往往就會有一種衝動，說出自己一切犯罪行為的衝動。比如罪犯在坦白自己只偷了兩隻羊後，在鞭斥過自己的罪行後，良心就會悄然甦醒，接下來，他馬上就有衝動要交代自己還曾偷竊了價值千萬的珠寶，還綁架並殘忍的殺害了八個無辜的兒童。這是一種很自然的心理，我必須鼓勵他交代，交代他所知道的一切。

我嚴厲的問，「誰？」我站起來，眼露凶光，逼近侍衛。「公主在黑夜裡出去，找誰？」侍衛的身子抖個不停，眼神企求的看著我。他的口張著……看來，他馬上就要說出誰的名字了，祕密馬上就要揭曉了……

3

「為什麼？為什麼要讓一個並不知道很多內情的侍衛來回答您的問題呢？王子。」一個聲音幽幽的從門旁傳過來，那是一個很熟悉很甜美的聲音。我回過頭，一團模糊的黑影正從門旁慢慢的飄向我，昏暗的燈光使我什麼也看不見。我駭然了，不知道又遇見了什麼怪物，也不知道接下來會發生什麼事情，但我盡力保持著自己的鎮靜。（震驚。）我必須不能，對，不能顯露出我的恐慌和害怕。我必須，對，必須鎮定自若，必須堅強不屈。我屹立著，像風雪中的岩間松樹。

那黑影終於走近我們，是個年輕的女人，侍衛見到她，十分歡喜，似乎遇到自己的救星，他幾乎要撲向那團黑影，就如同剛剛受盡委屈的孩子突然看見歸來的母親一般，而那團黑影也溫柔的拉起了侍衛，查看他臉上的傷口。我明白了，他們是一夥的，我遇到了麻煩，就在我馬上就要揭穿謎底的一刹那，在真相大白的前夕，在水落石出的前一刻，我遇到了麻煩，致命的麻煩。於是，一切努力就要白費，功虧一簣，前功盡棄，也許那謎底就要永沉大海了。我知道，有時候這是命運的安排，我必須服從，接受這一切。所以，我要掩飾自己的懊惱，我要沉著迎戰。戰鬥的號角又一次吹響了，我是個勇敢的人，我要接受挑戰，接受命運的挑戰。

3

我舉起燭臺，想仔細的照清楚那黑影的容貌。我後退了幾步，然後向旁邊走了幾步，這樣，就可以看清她臉的側面。她是個高貴美麗，又嬌小可愛的女人，舉止端莊，又很孩子氣，就像我小時候見過的瓷娃娃，白淨又純潔無瑕。她的鼻子高聳，這讓她看起來很高傲，不過這種高傲更像是一種掩飾，掩飾她的嬌小和脆弱吧！曾經深情的大眼睛現在卻裝滿疲憊，在我舉燈看的時候，她臉上甚至閃現著高傲和不屑的神情，那是我很熟悉的表情。她的嘴角撇了一下，美麗的頭顱高昂，我的心又被什麼狠狠的扎了一下，我手拿著的燭臺幾乎就要掉下，蠟燭的燈光也隨之左右搖擺著，屋內變得昏暗不清。我替自己打氣，穩定自己的情緒，蠟燭微弱的火光也穩定下來。我繼續舉著燭臺，研究著她，假裝沒看到她臉上冰冷的神情。她脖子上戴著的寶石發著天藍色嘲笑的光芒，天藍色的連衣裙，銀白色小皮靴，上面沾滿了露水和黃色的泥點。侍衛躲在她身後，露著驚恐的雙眼，他們的影子緊緊貼在一起，我的影子在另一邊，眨著孤獨的眼睛。

「您可回來了，公主。您不知道他剛才有……」侍衛急切而討好的說。我果然記起她就是公主，美麗的公主，我結婚一年的妻子。

「我早就看見了。」公主打斷他的話，她摸著他鼻子上剛被燒傷的印痕，侍衛大叫一聲，公主觸電般的縮回手。「他怎麼這樣對你。他……」公主渾身哆嗦著，說不出話，她對侍衛充滿了同情。公主沒有看我，我的臉卻發熱起來，紅彤彤的，就像海邊的朝霞。公主的胸口起伏不定，似乎那裡正有火球在滾動。美麗的公主呀，您不該如此生氣，這對您身體很不好，您該躺下休息……我想安慰她，卻不知道該說什麼好，緊閉著雙唇，我沉默著。

「唉，誰讓我這麼命苦呢！唉，這都是命啊。不說這些不愉快的了……公主，您肯定累壞了，您到沙發上坐吧。」侍衛體貼的建議。

公主果然覺得自己很累，她用手捶了一下腰，然後在侍衛的攙扶下，走到沙發前。我肯定擋住他們的路了，侍衛碰了一下我，我木偶一般動了一下，然後轉到一邊。公主坐了下來，似乎舒服些，侍衛則威嚴的在公主旁守護著。我靜靜的面對著她和他們，我如此陌生的她和他們。我的眼睛模糊了，手哆嗦了一下，我覺得冷，手顫抖著，我控制著。手哆嗦個不停，燭臺的聲音響個不停，她和他們似乎都竭力避而不聽。她和他們在看著遠方，她和他們對我視而不見……我想起了那個無頭的布娃娃，內心充滿了悲哀……終於，手的抖動停止了，燭臺從我手中掉落，在接觸地板的時候，蠟燭從燭臺中脫落，頭朝下與地板接吻，大顆的蠟油如眼淚一般滾出來，燃燒的芯就在那一瞬間熄滅……河水狂湧出河床……

屋內一片黑暗……一切都在黑暗中塌陷，又在黑暗中滋生……屋外起了風，風嗚咽的聲音很響的在屋內共鳴，街上的狗也不失時機的狂叫，這是屬於牠的時刻。我呢？我是王子，似乎擁有一切，似乎什麼都沒有……屋內很靜，可以聽見咚咚心臟跳動的聲音，還有水滴滴落地板的聲音。「嗒嗒嗒嗒……」這聲音很熟悉，我記起了曾經聽到過這樣的聲音……

我們就這樣保持著沉默，也不知道沉默什麼時候會消失，我們無暇顧及。沉默是甜蜜而溫暖的吻，就如沉睡一樣……一切都在沉默，又在沉睡，似乎沉睡和沉默，就是這個世界的永恆法則……我記得很久很久以前，公主曾被一個邪惡的女巫施了魔法，公主沉睡了一百年，公主在花床上沉睡不醒，公主嘴角露著笑容，做著甜蜜的夢。她夢見英俊的王子騎馬來到她沉睡的床邊，王子用一個吻喚醒了正在沉睡的公主。公主瞪著美麗的大眼睛，似乎根本就不相信這個奇蹟，她幸福的驚呆了，但王子又給公主一個吻，一個更深情更甜蜜的吻，公主終於相信了這並不是夢，是真實的。之後他們，公主和我，王子，就開始了跳舞。他們舉辦了世界上最隆重的婚禮，公主和我成了最幸福的人，他們一直幸福的生活在一起……沉睡的公主嘴角露出甜美的笑容，她的笑容一直就在臉上，一百年沒有離開……

有一天我，王子，打獵到了森林。一隻美麗的小鹿，把我領到一個陌生的花園，一個被漂亮的玫瑰花環繞的花園。大紅大紅的玫瑰花，充滿了整個籬笆，整個房間，整個森林，整個世界。那是花的世界，花的海洋，美麗的花兒快活的在那裡自由呼吸著……花的情郎，那些小蜜蜂們，在花叢中飛舞，在陽光下，發出快樂的哼哼聲，牠們唱著歌頌愛情的浪漫曲。成千上萬隻蝴蝶翩翩起舞，歡迎我的到來……在被紅豔豔的玫瑰花裝飾得美麗漂亮的房間中央，有一個美麗的花床，一個花一般美麗溫柔、嬌小可愛的公主躺在上面，她的嘴角顯露出笑容，可愛的純真甜美的笑容。……我驚呆了，似乎也到了夢境……公主為什麼在睡夢中微笑？公主夢見什麼幸福的事情了嗎？公主可夢見我來解救她嗎？公主夢見我給她甜蜜的吻嗎？公主夢見我們歡快的跳舞了嗎？公主夢見自己最偉大的婚禮了嗎？公主夢見她和我，王子，幸福的生活在一起了嗎……

我驚呆了……我也進入了甜美的夢鄉……在那裡，美麗的公主在花床上，正等待著我甜蜜的吻。我驚呆了，為著公主的美麗和純真。我禁不住吻了一下公主，公主轉動了一下眼珠，她醒轉過來，她問是你嗎？你是來解救我的王子嗎？我點頭，我說是的，我就是來解救妳的王子，我要保護妳，英勇的保護妳，一輩子，永遠……我又吻了一下公

3

主，深情的。公主笑了，甜美的笑了，陽光在公主美麗的臉上跳躍飛舞，像個精靈……我們快活的跳舞，之後我們就開始了盛大的婚禮，再之後就是我們幸福的生活……

夢，好甜美的夢呀……我真不願意從那裡醒來……也不知道過了多久，陽光很好的照在公主紅潤的小臉上，陽光在公主美麗的臉上跳躍飛舞，像個精靈……我終於醒過來，照夢中的所為，我禁不住吻了一下公主，又深情的吻了一下。歡快的音樂響起，精靈和動物們湧現出來，向我們微笑、祝福、鼓掌、喝彩……之後，之後就是夢中的一切：跳舞、婚禮。之後就是，現在的生活。

……

我回憶、傾聽著，那邊也很安靜，似乎也在回憶、傾聽著。這是屬於我們兩個人的回憶，屬於我們兩個人的寧靜時刻……一切也都沉入了夢鄉，慢慢的，「嗒嗒嗒嗒……」聲也消失了，一切更安靜了……有人長嘆一聲，世界又在沉睡中醒來。那是公主的聲音。「唉——把燈點著吧，侍衛。」公主慵懶的說，似乎還打了哈欠，不忍從睡夢中醒來。

「是。」侍衛愉快的應答著。他移動著，摸索著地板上的蠟燭，我也移動一下身軀，活動了麻木的腳。「嚓！」侍衛劃了根火柴，照亮了黑夜暗淡的皮膚。火柴燃燒的火苗很小，只一會，它就熄滅了。我的腿很痠痛，我做了健身操的幾個踢腿動作。侍衛又劃了一下，火苗燃燒著，公主明亮的眼睛在燈光中閃爍。幸運的侍衛找到了地板上熄滅了的蠟燭，小心的扶直它已經歪了的燈芯。火柴又熄滅了，第三次亮光出現的時候，蠟燭點燃了，蠟燭站立在燭臺上，驕傲得像勝利的旗幟。公主的眼睛隨著燈光飛舞著，星光點點，我想起了我們結婚時那世界上最盛大的舞會，那時候，公主的雙眼也這樣飛舞過。

公主走到我的身旁，她從來沒有這麼美麗過。我看著她的眼睛，那裡閃爍著美麗幸福的光芒，我似乎又看到了過去自己熟悉的身影，那是在花房裡被我吻醒過來的公主……全身如被電流擊過一般，我的心臟急速跳動著，公主溫柔的拉著我的手，就如同我吻醒她時那樣。她小心的拉著我的手，跳著溫柔的舞蹈，像過去那樣……我幾乎喘不過氣來，公主也是。公主輕輕抱著我的身軀，我們慢慢舞蹈，侍衛拿著燭臺，定定的待在那裡，他的影子靜靜的呼吸著，他變成了一個紙一樣的扁平人，終於遠去，消失不見……

歡快的音樂響起，很熟悉，那是我們婚禮時的音樂……我們翩翩起舞，如蝴蝶一般在花叢中飛舞，忘記了身在何方。八仙桌、書櫃、茶杯、茶壺、花瓶，甚至沙發，都圍

3

著我們一起飛舞。我們旋轉著，如宇宙中央運動著的星雲，我們在中心，帶動了整個世界、整個宇宙在飛舞。一切一切，在我們周圍飛舞……我和公主的身影交織在一起……

「知道嗎。王子？」公主溫柔的看著我，眼中的星光更加閃爍不定，如寶石一般。

「怎麼了？親愛的。」我憐惜的抱著她，好像那是世界上最嬌嫩最寶貴的東西。像過去一樣，忍不住，我親吻了她的唇，她嬌嫩的唇。她美豔的唇冷冷的，像冰山上的雪蓮花。我萬般輕柔的擁著她飛舞，不想停下來。

「有時候我真希望這是場夢，一個惡夢，一個可怕的夢。」公主的身軀抖動了一下，我緊緊擁抱著她飛舞。「這樣，在我惡夢醒來後，在我經歷了夢中大汗淋漓的掙扎和聲嘶力竭的喊叫後，一切還很幸福，像過去一樣幸福，甜美，就像過去我夢見很多次的幸福一樣；或者，就如現在這樣，只有我們在這裡跳舞……你說，這是不是很好啊？」公主看著我，帶著萬分期盼的表情，滿臉純真，似乎我是掌控一切的命運之神。公主美麗大眼睛中的光芒閃爍得更加厲害，終於，她忍不住趴在我肩膀上嚶嚶哭泣，像嬌小的孩子。

「公主，我也常常這樣希望。」我的雙眼也一樣潮溼，淚流不止。我用額頭緊緊的抵著公主的頭，害怕再失去她，我們的臉緊密的貼在一起，彷彿它們從出生起就連在一起，後來只是因為偶然的原因才被迫分開。（讓連體嬰兒分離的科學手術……）我們的眼淚混合在一起，像兩條碧綠歡快的小溪，唱著童貞的歌謠，最後匯成一條溫柔的河床……

「公主，我也常常夢見我們這樣幸福的跳舞，像過去一樣。像夢中的那樣。一切都在我們周圍幸福的飛舞著。桌子、書櫃、花瓶、茶杯、沙發它們都在歡快的跳舞。還有奇異的鳥、森林裡快活的動物、藍色的精靈、美麗的仙女，他們都在我們盛大的舞會中跳舞，世界在狂歡中顫慄，而我們則是快樂的源頭，幸福的中心，就像現在這樣。」我吻了吻公主美麗多情的大眼睛，我們幸福的閉上了眼睛……

「王子，我真害怕呀，王子！」公主小聲的呢喃著，就如巢中低語的小燕子。我把公主的身體轉過來，雙手緊緊的抱著她，用我的下巴摩擦她光滑的臉。我短小的鬍子扎著公主的脖頸，她陶醉的發著「咯咯」的笑聲，正像過去做過很多次的那樣。這是很久遠的遊戲，我們忘記多久沒玩了。「王子，我真害怕呀，我真害怕現在的一切，你的吻，你的撫摩，你的擁抱都只不過是幻象，只不過是一個夢，一個甜蜜的夢！就像我過去做過的很多的夢一樣……想一想，有多可怕……幸福離我們是這樣的遠……只有在夢中才能享受幸福……」她說不下去了，公主又開始抽泣起來。

3

「是的，只有在夢中才能享受到，幸福離我們這麼遠。」我們想起過去的生活，我們眼淚又流出，混雜在一起。過去也是這樣，但那時，幸福的淚混雜在一起。我們想起了過去甜蜜的生活，那永遠成了現在不可觸及的回憶……

「王子，我真懷念以前的生活。你知道，我睡了一百年，我現在寧願再睡去一千年，一萬年，永遠不要醒來。在夢中，有花語鳥香，有那麼多快樂的事情，那裡，有你甜蜜的吻，快活的舞蹈，盛大的婚禮……王子，為什麼現在變成了這樣……」公主又痛哭起來。

「是的，公主，我每天都在懷念過去的生活。過去幸福的生活永遠不再來……我真厭倦這一切，這古怪的一切。這討厭的沙發，這古怪的花瓶，這麻木的乞丐臉，可過去我們多幸福呀……大朵大朵的玫瑰花，紅豔豔的，像向日葵一樣盛開的玫瑰花，開滿了整個世界。我來到妳的床前，妳的花床前，妳在那裡甜蜜的沉睡著。妳已經睡了一百年，妳滿臉燦爛的微笑，就像盛開著甜美的玫瑰花，那微笑也有一百年了……妳在夢中期盼著有人來解救妳，用甜蜜的吻解除那可怕的咒語，喚醒妳沉睡的心……我吻了妳，我甜蜜的吻了妳，妳醒了，妳驚呆了。我又吻了妳，妳終於相信這一切不是夢……之後就是我們快活的舞蹈……盛大的婚禮……世界都在我們周圍伴舞，他們是在祝福我們呀！他們祝福我們生活幸福，萬事如意，白頭偕老。再也沒有比我們更幸福的了。」我記憶起過去快樂的生活，不禁激動起來，握緊了拳頭，我幾乎要喊叫起來。

「可也再沒有比我們更不幸的人了！」公主轉過身，脫離我的懷抱，用手掩面痛哭起來，晶瑩的淚水順著她的指縫流出來，我驚呆了，公主的話是那樣的真實。「每次我都對自己說，這是個惡夢，這僅僅是個惡夢，沒關係，就像我過去做過的無數甜蜜的夢一樣。僅僅是夢而已，只不過這次是惡夢而已……只要我醒來，只要我被你甜蜜的吻喚醒，幸福的生活就要重新開始，就像我們快活的舞蹈、盛大的婚禮一樣……」公主說不下去了，她痛苦的彎下腰，用手抱著頭哭泣，她美麗的頭髮也顫抖著。我走過去，膝蓋碰在地板上，我抱著公主，我們痛苦的哭泣，懷念我們過去幸福的生活……

時間在流逝，我們的幸福也在流逝，就如被施了魔法一樣。盛大的婚禮後，我們的生活越來越糟糕，越來越不幸，越來越不能忍受……我們願意生活在夢中，但要甜蜜的美夢，而不是恐怖的惡夢……

「王子。」公主停止了哭泣，掙脫了我的懷抱，她走到了窗臺旁。和我的房間一樣，鐵鋼筋和木棍子嚴密的裝飾著窗戶，彷彿關押死刑犯的地下囚牢。公主美麗的眼看著窗外，那裡什麼都沒有。我看著公主，她說：「王子，如果……王子……」她說不下去

3

了，她的雙手相互絞纏著，不知道該如何說才好。

我走到她身邊，一樣看著空洞的夜，透過窗戶洩漏出很小的空隙，夜正深沉的思考著。「什麼？公主，妳說吧，說什麼都沒有關係。」公主沉默了，看著美麗而空洞的夜。我握住她美麗的小手，冷冰冰的。公主掙脫了我的手，她站了起來，避開我看她的眼睛。

「王子，如果我做了……」我走到她面前，緊緊的盯著她的大眼睛，那裡有蒼白的白眼珠和空洞的黑眼珠，就如白天和黑夜奇異的混合。她因為胸悶而把小手抬得很高，然後狠狠的往下切下去，彷彿斬斷了亂麻，也彷彿決定不顧一切的要把什麼說出來。很冷的風順著窗戶縫隙吹來，我打了個哆嗦，心抽緊了，我靜靜的等待著。只要等待著，公主會說出我想知道的東西。「我說的是如果，如果我做了什麼對不起你的事情，王子……你會原諒我嗎？你會嗎？……」

我看著我和公主的影子，都是昏黑一片。我忽然很喜歡那黑黑的影子，它們把什麼都遮掩起來，就如夢境。我覺得自己好像就在夢境，公主離我是越來越遠，越來越模糊。我聽見一個陌生的聲音空洞的在黑暗中迴響，也許是我的，也許是另一個人的，我分不清了。「公主，妳知道我……妳知道，無論妳做什麼，我都不會怨恨的，妳有權利做任何事情。」

「妳有權利做任何事情。」公主重複我的話，她的聲音和我的聲音一樣空洞，在這個空洞的大廳裡迴盪，餘音縈繞不絕。「是的，我有權利做任何事情，殺人放火，做個自由的強盜。是的，這是我的權利，我能這樣做，我可以這樣做……我甚至有權利殺死自己……我真恨自己沒有勇氣，有時候我真恨不得殺了自己……」公主又說不下去了。她蹲在地上，無聲的哭泣。我走到她的身後，把手放在她的肩上，安慰著她。公主轉身撲在我懷裡，就如溺水者抓住最後的稻草。她是個可憐的人，我也是，也許這就是同病相憐吧。「可只有我自己才知道我有多厭倦現在的生活，我對一切都充滿了厭倦，這一切，所有的一切。這可惡的蠟燭，這討厭的沙發，這個眨著眼睛嘲笑我們的花瓶，這破碎了心的玫瑰花……我為什麼要醒來？我為什麼不能繼續沉睡下去……一輩子永遠睡下去，再不要醒來。就是現在我也是多麼渴望能睡去，永遠的睡去，就如十六歲那年，我第一次在玩紡錘時睡去一樣。為什麼不能呢？哪裡出錯了？睡眠是多麼好的事情呀！可以忘記一切……可哪裡出毛病了？我為什麼不能繼續睡去……為什麼我要被你的吻喚醒？」最後，她平靜而悲哀的說，看著光滑的地板，那裡什麼都沒有。

冷風繼續在吹，我的心繼續下沉，公主只是平靜的看著地板，沒有看我，帶著一種

3

宿命而甘願忍受的平靜。可這樣的悲哀更重，我寧願被她的怨恨所包圍，那樣我可能會好受一點。正如我猜測的那樣，事情發生了，早就發生了。「妳後悔了，妳終於說了妳的心裡話，妳終於說出來了。妳厭倦了我，妳厭倦了我們的生活……妳不願再忍受下去了……這完全都是因為那個吻，那個致命的吻。真可怕，我為什麼要吻那個可愛美麗的女孩？我為什麼要打破她甜蜜的幻想？我為什麼要把她帶進黑暗的深淵？哦！我為什麼不在給她毒吻之前死去？天啊！我是世界上最可惡的人，因為我把最美麗的公主拖下汙水，拖入臭水溝，拖進老鼠窩。我是世界上最狠毒的人，我是最不能原諒的人，我早該死去。」我也平靜的說。我並沒有悲痛，和公主一樣，我也深深厭倦，厭倦一切，我也只不過把自己早就明白的感受說出來。這樣的生活早就註定無法改變，所以我們，公主和我早就不去做改變的準備，因為一切註定是無法更改的。我們只是，只是痛苦的忍受著我們的生活。我們只是，只是偶爾回憶起我們過去快樂的時光，我們歡快的舞蹈，我們盛大的婚禮……我們只是，只是偶爾才希望我們永遠生活在夢中，永遠這樣，永遠不要醒來……

「原諒我，王子，原諒我。我的話刺疼你，傷透了你的心……我並不是怨恨你……我一點也不怨恨你。事實上，我很喜歡你的吻，你甜蜜的吻把我喚醒，你給了我幸福的希望，你給了我擁抱和激情，你給了我快活的舞蹈，盛大的婚禮，你給了我太多的東西……事實上，如果我們能永遠生活在那個幸福的時刻該多好。從此以後，他們過起了幸福的生活。是的，幸福的生活。如果真是那樣，該多好。可事實是另一個樣子，我怨恨的是這種生活，這種厭倦一切的生活……我們好像又被施了一次魔法，而這次的魔法更可怕，更恐怖，更難以忍受……幸福的生活遠遠的離開我們，永遠離開我們，永遠把我們拋棄。我們又在沉睡，只不過，這次我們不是在甜美的夢鄉中沉睡，而是在惡夢中沉睡，在厭倦中沉睡，在麻木中沉睡……實在無法再忍受下去了，惡夢不斷驚嚇著我們……。我們就像兩隻裸體的小老鼠，被一大群野獸追逐著。我們拚命掙扎，拚命逃竄，可我們註定無法逃脫，永遠無法掙脫。他們緊緊的跟在身後，他們巨大的手掌就要壓在我們頭上……天呀，我們永遠被它可怕的控制著……即使我們聲嘶力竭，即使我們汗流滿面，即使我們竭盡全力戰鬥，可這一切全無成效，毫無改觀……就好像在蜘蛛網上掙扎，在棉花堆裡打拳，在無水之海中游泳……我們費盡全力，仍一無改觀……我們被施了魔法，又一次。王子，我們又一次被施了魔法，可怕的魔法呀……王子，我們被魔法套住了，永遠套住了，再也無法逃脫，再也無法獲救……」公主控訴著，傾倒著她一肚子的苦水。她軟弱無力的坐在地上，在說了那麼長的話後，公主臉色蒼白，疲憊

3

不堪。

我們被施了魔法……是的，我們的生活被施了魔法……就如一百多年前，美麗的公主被施了魔法陷入沉睡一樣，現在我們也被施了魔法陷入沉睡。我們生活在惡夢中，惡夢永遠沒有期限，永遠不知道會在那一天結束。十年，百年，千年，萬年……還是遙遙的無期……不知道，我們永遠不知道這種惡夢，這種折磨人的厭倦一切的惡夢什麼時候結束。我們唯一知道的就是我們的生活被施了魔法，我們生活在惡夢中，我們無法改變……這是唯一真實的東西。魔法，可怕的魔法，致人於死地的魔法，永遠不知道什麼時間解脫的魔法……可怕的魔法把我們套住了，我們身陷魔法中，無法逃脫，無法逃離，如蜘蛛網上掙扎的小蟲……造成我和公主苦難的正是魔法，那個可怕的魔法，這一切都是它造成了。

我思索起來，公主的話提醒了我。我突然意識到，在我們生活背後一定有可怕的東西，有可怕的人，不然，魔法不會憑空出現在我們身上。魔法肯定有它的主人……那麼，那個人是誰呢？究竟是誰呢？究竟是誰用了魔法對我們使壞呢？究竟是誰用魔法把我們陷入這種恐怖的惡夢中呢？究竟是誰在我們受苦的時候卻歡喜得放聲大笑呢？……

我想起了公主第一次被施了魔法的時候，那是個……如被電擊了一般，我想起了，那是一個女巫，一個可怕的女巫。女巫用可怕的魔法使公主陷入沉睡中，公主在夢鄉中睡了一百年，可這次……被施了魔法的是我和公主。公主和我，王子，陷入惡夢中……可怕的女巫……可怕的魔法……一百年後，公主被我的吻喚醒，魔法解除了，公主自由了……一股更大的電流擊打著我脆弱的心臟，我狂喜起來，發現了新大陸。

「很明顯，公主，很明顯，女巫又一次對我們施加了魔法。我們的惡夢是魔法造成的。」我激動的對公主說著，儼然發現了真理，找到了我們痛苦生活的根源。似乎，似乎也找到了解救它的辦法。公主滿臉疑惑的看著我，好像根本不明白我的話。「既然是魔法，公主，既然是魔法，那肯定有解除它的咒語。咒語，公主，女巫不是對妳施了一個魔法嗎？公主妳因此沉睡了一百年，一百年，是我的吻把妳喚醒。是不是？」我搖晃著公主，公主點點頭，仍疑惑的看著我，我卻更加激動起來，彷彿我發現了世界上最大的祕密，有了它，一切都將迎刃而解……

「公主，在那個魔法中，吻是不是就是破解女巫魔法的武器？唯一的武器。」我激動的叫喊著，聲音高過屋頂，公主被我的激動吸引，站起身，咬著下嘴唇，她思考著，然後，沉重的點著頭。公主的大眼睛發射出耀眼的光芒，它彷彿在說，「對，正是這樣。然後呢？」

3

「然後，哈哈，然後，公主，哈哈……公主，我們現在也被女巫施了魔法，可每一個魔法都有破解之道，只要我們找到它，找到魔法的破解之道……哈哈，公主，哈哈，公主，妳想我們會怎麼樣？」我興奮得簡直要跳起來，公主也急切的看著我，急切的等我往下說。她的眼睛有火炬在熊熊燃燒……

「公主，妳也許不相信我的話……是的，要找到解除魔法的方法總是很難的，難於上青天，這是事實……我們也許無能為力，也許要一輩子，暗無天日的生活在惡夢中……可是，不，公主，不能，我們不能這樣。我們要戰鬥，我們要和對我們施加魔法的女巫戰鬥，我們要孤注一擲。對，要孤注一擲，這是我們唯一的希望，唯一的獲救之道……對，唯一的獲救之道……公主，那時我們就擺脫了這些可怕的惡夢，那時我們就要開始新生活，屬於我們的新生活。甜蜜的吻，歡快的舞蹈，我們要重新舉辦世界上最大的舞會，邀請世界上所有美麗的精靈參加……我們要永遠幸福的生活在一起，永遠……公主，不要用不相信的眼神看著我，不要這樣痛苦的看著我，不要告訴我妳已經放棄希望，放棄最後的掙扎了……不，公主，我們要孤注一擲，我們要奮力的一搏……」

公主似乎也很相信我的話，我們緊緊靠在一起，拳頭很緊的握在一起，手指嚴密的交叉著，我們堅定的眼睛望著前方，充滿希望的前方。「這是我們唯一的希望，我們一定要找到破解魔法的方法，我們一定要找到鑰匙，開那把鎖的鑰匙。很明顯，每把鎖都有適合打開它的鑰匙，同樣，每個魔法也都有破解的方法……公主，相信我，我們一定要和女巫你死我活的戰鬥，我們要找到鑰匙……相信我，我們一定能找到鑰匙，我們一定能戰勝女巫，戰勝她的魔法，我們一定能重新開始，我們幸福的新生活，我們一定要，從此以後他們幸福的生活在一起。公主，妳知道嗎？我們要幸福的生活在一起，妳和我，公主和王子要幸福的生活在一起……一定！一定！一定……」我的聲音激昂起來，如奔騰的江水，在漆黑的夜空中，叫喊、咆哮、激盪、衝擊……

「哈哈哈哈……哈哈哈哈」一陣恐怖的笑聲突然在宇宙的秩序中響起，蓋過了一切，在黑夜中蔓延、反覆、歌頌、詠唱……

4

不知什麼時候，一個老婦人站在門口，十分蒼白，臉上塗著厚厚的十多公斤重的粉。臉又十分浮腫，滿臉皺紋，在每個深深的溝壑中，都隱藏著詭異、危險、骯髒的東西。眼睛小小的，細線一般，彷彿是畫上去的。可從中你能感受到她可怕的計謀、陰謀和種種無恥的勾當，地獄中無恥的勾當。嘴上有鮮豔的紅唇，很像紅色的液體塗抹上去的，嘴唇上還有奇怪的鬍子，像遠古的獸。她的牙齒不停的磨著，彷彿在咀嚼著什麼骨頭，和美味的食物。（動物腐爛的屍體。）身材矮小，駝著背，或者是個羅鍋，所以背看起來像是馱著什麼東西。白色的袍子破舊不堪，也快變成黑色的了，滿身醜惡，渾身散發著惡臭。她拄著一個高她一倍的拐杖，更可怕的是，拐杖上停著兩條巨蛇，黃綠相間的花紋，紅色的舌頭，邪惡的眼狠狠的盯著我們，頭高昂，似乎只等著命令，就把我們活吞到肚中。

老婦人的臉上閃現著大大、諷刺、不懷好意的笑容。侍衛也早就圍在老婦人身後，點頭哈腰，做著最卑賤的表情，他們一定早就是一夥的。這個叛徒！公主一看見那個老婦人，就顫抖不止，逃避那老婦人邪惡的目光，似乎這樣，那老婦人和她恐怖的拐杖就不存在，但老婦人的目光卻無處不在。她只好背轉過，渾身還是顫抖著，頭搖擺著，像發著高燒、寒冷的小鴿子……我渾身冰冷，演說戛然而止，我竭力保持平靜，那老婦人是那樣的熟悉，似乎在哪裡看過，也許在夢裡……

「哈哈哈哈……」老婦人狂笑不止，彷彿聽到了世界上最好聽的笑話，她渾身顫抖，快活的渾身顫抖著，臉上的皺紋也更加粗深，眼睛已經完全消失不見了，連那乾癟的乳房也年輕二十歲，像個小兔子一樣在她懷裡活蹦亂跳。拐杖上的大蛇也隨著顫抖、擁抱、接吻，抒發著牠們興奮的情懷……「哈哈哈哈……」她仍大笑著，似乎那笑話如此的使她發笑，她已再沒任何辦法停下來，就像進入發笑機器中，電鈕一按，她和她的寶貝們就陷入一種狂笑中，不能自拔，再也無法停止……「哈哈哈哈……」熱情仍在增長，沒辦法，她只好用新的方法表達著自己的興奮。她繼續狂笑，一刻不歇，她用小手激烈的拍打著自己的大腿，用腳跳舞般的踩著地板，拐杖也隨之狠狠的頓著地板，而那兩條蛇早就赤裸的糾纏在一起，媾和、交歡、撕咬、呻吟……「哈哈哈哈……」公主的身體仍不停的顫抖著。公主終於倒在地上，美麗的大眼睛閃閃發亮，飽含屈辱。我繼續站在那裡，維護著自己虛假的堅強，力量卻越來越小，身體馬上就要虛脫倒地，但我堅持著，用最後一點氣力……侍衛則用那種熟知一切的微笑，欣賞著一切，就像最先見到我時的表情……也不知道她笑了多久，大概有三十分鐘的時間吧！或者更久。終於停止了笑，她終於停下來。也許是累了，想休息一下吧，蛇也喘息的分開了。

侍衛很聰明的說，「女巫王，這些小孩子太自不量力了，他們還要和您鬥！您說可笑不可笑？簡直是天方夜譚。」我終於明白了，這個可怕的怪物原來就是女巫。她是女巫。原來，女巫就是她，原來就是她。我本來早就該猜測到的，怪不得公主見到她這麼害怕。這個可怕的女巫對公主施了一次魔法，公主沉睡了一百年，做著甜美的夢，臉色

4

紅潤，在玫瑰花房中……就是這同一個女巫，對公主和我再一次施了魔法，公主和我陷入可怕的惡夢中，萬分厭倦，在囚牢一樣的房間裡，生不如死，不知道惡夢什麼時候能結束，我們的幸福什麼時間醒來……這一切都是這個女巫造成的，可怕的女巫，強大的女巫，無恥的女巫，該死的女巫。我覺得悲哀……沉痛、衰弱……我明白，一些事情已經發生了，一些事情正在發生，一些事情將要發生。我無力改變，只能眼看著一切在我眼前發生，可這才是世界的本質。看著、觀賞著、玩味著、讚嘆著痛苦、無奈、悲痛、悲涼、悲哀……

「一定。一定。一定。」女巫重複著我的話，充滿了同情。「嘖、嘖、嘖、嘖。王子，是您在說一定，不是嗎？您一定能打敗我，擊潰我，占有我。這是一定的，因為，很明顯，魔法都有破解的方法，正如每一把鑰匙都開一把鎖。」她一字一頓的重複我的話。公主也站了起來，她躲避著女巫，轉著身體，走到窗戶邊，似乎正在觀賞黑夜。夜更加黑沉，我的臉紅了，為自己剛才的話。

「魔法。對，魔法。王子，您很聰明，您猜測得很對，正是我把魔法施加在你們身上的，我對公主又一次施加了魔法。很不幸，您成了可憐的犧牲品，可誰又不覺得那魔法很妙呀？哈哈，不是嗎？一種奇妙的睡眠，一種新奇的感覺。」女巫看著我的臉，微笑著，我沉默著，我只有這樣。對於一隻飢餓的狼來說，乞求是沒有用的，羔羊只有沉默。這是明智的辦法，也是唯一的辦法。

「可是，王子，我最親愛的王子呀！您不知道一個最簡單的事實。」她朝我走來，臉上滿是神祕的微笑。我立在那裡，聞著她惡臭的味道，靜靜的等待著。「魔法根本就沒有破解之道，沒有，哈哈，沒有。您簡直不相信。王子，您不相信。我從您滿臉疑惑的神情中看出來了，您根本不相信魔法竟沒有破解的方法。這簡直不可想像，可這卻是唯一的事實……第一次魔法您用吻解除了，可那一次魔法的解除只是為了這次更大魔法的到來，我故意讓您的吻解除了公主的魔法。這叫什麼？對，按照你們的說法，這叫欲擒故縱。哈哈，你們說妙不妙？」躲在一旁的公主忍不住嘔吐起來，暗黃色的雜質噴了一地。女巫看著公主，更加興奮，眼睛噴射著血的亢奮。

「哈哈哈哈……好高明的欲擒故縱，我都要佩服自己了，不是嗎？王子，您不知道吧？這一次的魔法卻毫無破解之道，這一次的魔法永遠不能解除，永遠不能解除。這一切都無法改變，永遠無法改變，王子，這是命運，您已經喪失了所有的希望，您和公主要永遠生活在惡夢中，永遠……這就是魔法唯一的指示。是不是很好玩？哈哈哈……王子，您非常失望吧？瞧，您臉上寫滿了痛苦，您冰冷的臉上都是痛苦。嘖、嘖、嘖、

4

嘖。」她抖動著大舌頭，發出啪啪讓人厭惡的聲音，彷彿正咀嚼著骨頭。「王子，您比以前瘦了，看著真讓我心疼。王子，還記得嗎？我們是老朋友了，現在，我們終於又見面了。事實上，我們過去不斷見面，我們將來還要不斷見面，我們要生活在一起，這是不可避免的、唯一的事實。如果有事實的話。」女巫含情脈脈的看著我。她的話我似乎明白，又似乎不明白，正如我好像經常在那裡見過她，又好像是第一次見面。一切都在霧、夜和夢的裝飾下，跳動、飛躍、奔跑……她最後的話，讓我的胃抽動了一下。寒氣進來了，我顫抖起來。

「王子，您這麼英俊，您應該跟著我才對。您不知道，我早已成了世界之王，全世界都歸我所有。所有的人，所有的動物，所有的精靈都屬於我，聽從我的調遣，服從我的命令。哈哈，這是不是很有趣？來呀，你們來呀，你們出來歡迎我呀！」女巫用拐杖狠狠敲打著地板，敲打了三下，果然，從地板無形的夾縫中，鑽出了無數的怪物、蜈蚣、蒼蠅、癩蛤蟆、大小雙頭毒蛇、毒蝙蝠、禿鷹、像老鼠那樣大的臭蟲、三隻腳的獨角獸、八隻腳的墨魚、十六隻腳的鴕鳥、百足蚰蜒、地獄中的各種鬼怪骷髏，還有很多說不出名字從沒見過的怪獸。牠們歡呼著，跳躍著，把女巫圍成一個圓圈，對她頂禮膜拜，彷彿是她最親愛的孩子。是的，也許，牠們正是她最可愛的孩子，她也是最稱職的母親，蒼白的臉對牠們微笑。幾隻調皮的臭蟲竄到公主面前，摸了一下她的衣服。可憐的公主哆嗦著，發出了恐懼的尖叫聲。女巫和怪物們卻哈哈大笑，牠們的笑聲排山倒海，熱浪滾滾，我暈眩了，搖晃了，幾乎要倒下。

幾隻老鼠模仿牠的同伴，來到我身邊，跑在最前頭的一隻邀功似的回頭看著女巫，伸出爪子要摸我的衣服。我咬著牙，看準時機，一腳踢在牠的肚子上，牠吱吱的叫著，牠的同伴也屁滾尿流的逃走了。「滾回去，滾回你們的老窩去。」我大聲喊著，也不知道自己哪來的勇氣。「你們這些醜八怪、老鼠精、妖精、魔鬼，趕快滾回你們的地獄去吧！不然，我會殺了你們，我會把你們剁成肉醬，小心呀！」我用手比劃著，彷彿正拿著一把刀，正切菜一般砍著牠們的頭，快意的。

牠們愣了一會，彷彿不明白發生了什麼事，但只一會，牠們就爆發出哄堂大笑，雷鳴一般，在房屋上空鳴響。「讓我們收拾這個不識好歹的小子吧，女巫王。」、「非給他一點厲害瞧瞧不可。」、「他這樣囂張，要把他的皮扒下來。」、「宰了他。」、「殺了他。」、「吃了他。」、「煮了他。」「蒸了他。」牠們一步一步逼近我。我已經僵硬了，我想找自己的刀在哪裡，有了刀，我就不那麼恐懼牠們了，但大廳裡根本沒有刀的影子，而牠們已經逼到我面前。我後退著，牠們前進著，最後我退到了牆角，牠們把

4

我圍成一個圓圈。一條雙頭蛇自豪的吐著紅色的雙胞胎舌頭，還有一隻三腳獸張開嘴，露出鋒利的獠牙，馬上就要展開戰鬥，可我卻手足無力，甚至握不緊拳頭，天旋地轉起來。我看了一下公主，她用手掩著嘴，恐懼使她忘記了掉轉眼睛……我閉上了眼睛，等待著自己最後時刻的來臨，那會很舒服，不會有惡夢一般的現實，那是值得期待的……等待著，我甚至感覺到了，雙頭蛇的舌頭接觸到我的手臂，冰冷的，泛著腥味……一種致命的快感在身上蔓延……

「好了，不要鬧了。你們退回去。」遠處的女巫命令道，聲如洪鐘。我睜開眼睛，那些醜鬼們潮水一般後退著，接著就隱回到地板中，屋內重新恢復到寂靜的局面，只是空氣中充溢著臊臭的味道，表示著牠們曾經來過。侍衛扶著女巫坐到沙發上，公主也從地上爬起來，還是呆呆的看著黑沉的夜，彷彿一切都沒發生過。女巫慈愛的對我說：「王子。您生病了，頭腦昏花，經常胡亂說話，又在幻想什麼。您的病更厲害了，您還是跟我一起走吧，您的病需要治療，不然，會很可怕的。」「對，會很可怕的。王子，乖，聽話吧。」侍衛忠誠的點著頭，補充著女巫的意見。

「可是，為什麼？為什麼我要跟妳走？妳這個可惡的老巫婆、魔鬼、白骨精、吸血鬼，去死吧！為什麼要我陪妳去死？」我厭惡的喊著，還有這樣無恥的騙子嗎？我渾身哆嗦著。公主彷彿根本沒聽到我嚷嚷的話，她還在欣賞著黑夜的風景，夜正靡麗。侍衛很生氣的望著我，幾乎要衝過來和我格鬥，全然忘記了自己的身分。

女巫彷彿意料到我會這樣。她沒有生氣，她阻攔著侍衛，侍衛彷彿還因此而生氣，為女巫鳴不平，吹鬍子瞪眼睛。女巫微笑著，看著我彷彿是最調皮的孩子。「王子，您病得不輕，整天胡言亂語，您需要跟我走。」她對我眨眼睛，彷彿在說我們之間才懂的祕密。「不信，您問一下公主，看你是否需要治療。」

夜風從窗戶外吹來，屋內的花兒在空中飄揚，公主的頭髮飄了起來，公主也彷彿在夜風中隨之飛行。女巫和侍衛欣賞的看著公主的表演，彷彿她是他們最親愛的女兒……我的心悲涼起來，模模糊糊的，我突然意識到有什麼陰謀，有背著我的什麼東西發生了。至少侍衛、公主知道，我卻不知道……公主變成了木頭人，她漂浮在房間內，一度，她的小腳還碰到了女巫和侍衛。他們微笑的推開公主銀白色的小靴子，彷彿推開盪鞦韆的調皮孩子……我被拋棄了，孤零零的被拋棄了，我一個人了。女巫還是對我笑著，卻是十足的嘲笑，彷彿我是世界上最大的傻瓜。

我衝到窗戶邊。「公主，您真的覺得我有病？您真的覺得我是那麼的可惡？您真的厭倦我了嗎？您真的覺得我需要離開您了嗎？公主，您真不再愛我了嗎？公主呀！」公

4

主空洞的看著空虛的天花板，在飛舞中，陷入沉思，甚至沒有聽到我的話。公主繼續在夜風中飛舞，美麗的飛舞，她的身體在房間裡飄來飄去，彷彿秋天最美麗的葉子在秋風中舞蹈、飄舞，永不停息，舞蹈是她們最後的歸宿。

「公主，您為什麼不告訴王子真相呢？」女巫陰陽怪氣的說。她搖晃著身體站起來，拄著拐杖顫巍巍的走到我們面前。我很生氣，為著公主的不信任，對女巫說的東西竟然不對我說，原來，我還不如一個外人。也許，這就是我在公主心目中真實的地位，怪只怪我自己沒意識到。「公主，請您告訴我，告訴我事實的唯一真相。我什麼都可以承受，只求您告訴我真相，讓我知道您的真實感受。放心，如果您希望我走，希望我離開，離開這裡，您放心，我一定會走，我絕不會拖累您。我不扯您的後腿，只是請您告訴我真相。告訴我，您希望我離開這裡，是真的嗎？」公主還不說話，甚至頭也不轉動一下。公主陷入一種奇怪的夢中，彷彿她一直就是聾子、瞎子、啞巴。我搖晃著公主，想喚醒我那熟悉的公主，公主沒什麼反應，彷彿喪失了一切意識。我用力搖晃著，公主的頭像波浪鼓一般搖晃著，只是沒有響聲。公主仍在屋內飄蕩著，彷彿溺水前的歐菲莉亞。

「王子，您這是白費力氣。公主太好心了，她永遠不忍心告訴您真相。」女巫勸慰著我。「公主，您也太善良了。您為什麼不告訴他真相呢？您為什麼不告訴他您真實的心情？您為什麼不告訴他。您對一切厭煩得要死？您為什麼不告訴他。您深夜去找我。找過我……長痛不如短痛，公主，您何必這麼苦呢？您為什麼不把我們簽訂的契約告訴他呢？」女巫搖著頭，好心的勸著公主，似乎很不讚賞公主的沉默。

一陣狂風在屋內咆哮，一切都被狂風吹動，八仙桌、書櫃、沙發、花瓶、畫中的老乞丐，都在狂風中飄揚……我心中更加悲痛，果然，一切都加深著我的懷疑。事情似乎明瞭了，那背著我的陰謀逐漸顯形了，雖然還不知道它的內容，但陰謀是針對我的，而且是對我不好的陰謀，這一點是無疑的。還有，公主，已經厭倦我了，厭倦得甚至不想說出自己真實的想法，對於她來說，我甚至還不如一個女巫。想一想，多麼可笑，對一個高貴的公主來說，她寧願對一個醜陋邪惡的女巫，而不是王子，說出自己的祕密，和她祕密簽訂契約，深夜裡冒著生命危險。我想起了公主銀白色小皮靴，上面沾滿了露水和黃色的泥點，那痕跡一定是在公主找女巫的路上留下的。我又想起了公主在女巫來之前的話。「我說的是如果，如果我做了什麼對不起你的事情，你會原諒我嗎？你會嗎？……」

我盯著自己黑糊糊的影子，什麼都看不清楚。忽然，一道閃電在空中劃破，照亮了

4

屋內每個人的臉，那麼蒼白、寂寞、空洞……我什麼都明白了，我明白了那陰謀的內容，我明白了公主在深夜和女巫訂立的契約，我明白了一切的內幕。我盯著自己的影子，它似乎也發著嘲笑的光芒。這個時候，我真希望自己是在夢中，這一切僅僅是自己做的一個夢，永遠都不要醒來。為什麼要醒來呢？這麼痛苦……不知道過了多久，被什麼刺了一下，我叫了一聲，推開公主，推開木偶一般在空中遊蕩著的公主。她倒在地上，侍衛大驚小怪的跑到公主面前，如老鷹一般保護這隻可憐的、溫柔的小母雞。「請原諒……」她用流淚的大眼睛看著我，亮晶晶的，那是她的眼淚。

我想起了，我第一次親吻公主的美好日子，她甜蜜的睜著大眼睛。從一百年的睡夢中醒來，她用一種甜蜜幸福的眼神看著我，彷彿不認識我，又彷彿很熟識我。我又吻了她一下，之後就是快活的舞蹈，盛大的婚禮……甜蜜幸福的日子遠去了……

我看著公主，那倒在地上軟弱無力、流著眼淚、痛苦的看著我的公主。她還是那麼美麗，那麼純潔，那麼天真，那麼嬌嫩……我又想起了公主的話，我為什麼不能繼續睡下去……為什麼我要被你的吻喚醒……是的，為什麼我要喚醒公主的睡眠？她甜蜜的夢幻，那給她千重幻想的夢……我為什麼要用吻破解那魔法？讓公主醒來……但那只是欲擒故縱，只是女巫的一個伎倆，為了實現一個更好目的，而做出必要的犧牲。對，是必要的犧牲……如果我知道這個吻最後可怕的結果，我想，我寧願殺死她，殺死正在做著甜蜜夢幻的公主，然後在公主芳香的花床上，再殺掉我。或者在吻她之前，殺掉自己，永遠不要醒來……那該多好呀……那是多麼幸福的事情，公主和我，將永遠做著甜蜜的夢，永遠沒有後來的厭倦和無奈，更沒有這個可怕女巫的又一次、欲擒故縱的，比死更恐怖的魔法……

「公主，妳知道我……妳知道，無論妳做什麼，我都不會怨恨的。妳有權利做任何事情。」我嘆了口氣，從來沒有比這個時刻更了解公主。我忽然理解了很多事情，理解了過去，理解了現在，理解了未來……我走過去，扶起還在地上坐著的公主，拍了拍她身上的塵土，用手輕輕的擦掉她純潔的眼淚，就像過去做過很多次的那樣。「好的，不要哭了，如妳所願，我要離開這裡，我要離開妳。高興點，這不正是妳所期望的嗎？」我溫柔的說，公主卻再也忍不住，撲在我懷裡，大哭起來。女巫和侍衛古怪的交換了下眼神。

「對不起，我是個軟弱的人。我沒有你那樣的勇氣，我已經很害怕那種惡夢的生活，沒頭沒尾，沒有終點，沒有救贖的惡夢，永遠無法逃脫，如影相隨……我要逃出來，我要平靜一點的生活。你要原諒我……」公主淚流滿面，我很愧疚，該求原諒的應該是我……我為什麼要闖進公主的夢中?我為什麼要闖進公主甜蜜幻想的生活……我的淚也洶湧而出,全然忘記了女巫和侍衛古怪的看著我們。這麼純潔美麗的公主,跟著我,受了多少心靈的煎熬,忍受了多少痛苦,本來,她只該過幸福的生活……

「好了,乖,不要哭了。」我擦了又擦公主的眼淚,努力抑制自己的眼淚。「我早就原諒妳了,沒關係。乖,不要哭了,以後就沒有了惡夢,魔法馬上就要解除了。這是值得慶賀的事,不是嗎?馬上一切就平靜了。答應我,忘掉我,忘記這一切,忘記這惡夢一般的生活……這是個夢,對,這只是一個夢。先是一個甜蜜的夢,後來卻成了無法遏制的恐怖之夢。這是沒法改變的,我們抗爭過,結果卻更壞。對,這無法改變……但是,公主,美麗的公主,惡夢永遠不會再來了,幸福的生活馬上就要開始了,不要哭了……」我抬起公主迷茫的淚眼,吻了吻她冰冷的嘴唇,最後一次深情的吻她。這是個告別的吻,就如一年前那個開始之吻一樣。我們的關係從一個吻開始,又從一個吻結束,吻為我們的關係拉開了帷幕,又畫上了句號。世界上還有比這更圓滿的事情嗎?我應該滿足,所以,我微笑著和公主告別。侍衛馬上輕輕拍著公主的後背,撫慰著傷心的公主,公主把頭埋在侍衛的懷裡。我知道自己該微笑,卻忍不住又流下眼淚。

一切都不過是夢,甜夢、幻夢、迷夢、魔夢……只不過,有時候是美夢,讓人幸福微笑的好夢，有時候是惡夢，讓人悲哀厭倦的惡夢……我長吁了一口氣，似乎也擺脫了自己長久的惡夢。我知道，一段生活結束了，我要重新開始自己的生活，新生活，充滿了未知的新生活。不知道是美夢，還是惡夢的新生活……我一無所有，喪失了自己所有的東西，只剩下王子這個空殼。我看了一下侍衛，也許這個空殼最後也是別人的……突然之間，我很懷念這段生活的最後一刻，我真希望這個夢，即使是惡夢，也永遠不要醒來。在這個惡夢般的生活，我有著自己的一切，是的，痛苦的一切。這些痛苦就是我的財產，是我全部價值所在……

也許，我該微笑，為慶祝新生活。我擦了擦眼淚，試著對自己微笑一下，嘴又開始哆嗦。透過朦朧的眼睛，公主在侍衛的安撫下，逐漸的平靜了。他們開始了喃喃、親密的話語。女巫，勝利的女巫，更是欣賞的看著我，看著她的勝利品，微笑著。她寬大的舌頭飢渴的舔著，嘴唇更加紅豔，更加血腥，口水甚至也流了下來……這樣的嘴臉太熟悉了，我彷彿在哪裡見過……

彷彿，我又陷入了迷夢中。我想起很久以前，王后，也就是我的母親，抱著我到神廟祭祀的時候，先知看到我，卻淚流滿面。他嘴裡滿是哀嘆，他反覆告誡母親，不要讓我到森林裡打獵，不然就會有大禍降臨，會被女巫抓走，成為她忠實的奴隸。王后，我

4

仁慈的母親，後來就在擔心中死去……在我幼小的夢中，每次都要出現女巫，她用勝利的眼神看著我，這個屬於她的勝利品。微笑、舌頭、紅豔的嘴唇、口水……就像現在這樣……可惜，我長大後就忘記先知的話，忍不住誘惑，跟著一隻美麗的小鹿到森林去打獵。也許，那個小鹿也是女巫安排的，這是極有可能的。為了，對，為了欲擒故縱，真可怕……我到了森林，之後就遇見了公主，之後就是那個致命的吻……我的眼淚又要出來了……

我努力控制著，突然，我很明白自己的命運了。知道了一切，就如明亮的燈突然驅散了迷霧，一切都原形畢露，所有的一切早就註定好了，所有的一切只不過是，一個早就註定好的夢，一個被女巫牢牢控制的迷夢……無法改變，無法掙脫，無法逃避……而我的工作，只是完成它。一個可憐的兵卒，無條件的執行著將軍的命令，必死的命令……所以，才有那致命的吻。公主甜蜜的睜開眼睛，那歡快的舞蹈，那盛大的婚禮，之後那可怕的惡夢般的生活……不，甚至連那先知的話，那小時候無數次的惡夢，那引導我到森林深處的小鹿……一切早就被女巫控制著。多麼可怕啊！正如她所說的，這個世界屬於她，她控制著這個世界中的一切，掌管著所有人的命運……

熄滅了吧，熄滅了吧，短促的燈光，人生不過是女巫控制的惡夢，不過是瘋子的孤影，不過是愚人講的故事，充滿了喧譁和騷動、無聊和絕望，卻找不到一點意義。

一切是夢……

5

女巫饒有興趣的看著這一切，她是這一切戲劇的總導演……「該跟我走了，你知道，你是永遠無法逃離我手掌心的，還是乖乖就範吧。」女巫微笑的看著我，細小的眼睛彷彿看透我的心思。

悲哀越來越重，我又沉入迷夢中，但我知道夢最後的結局……孤注一擲。我想起了自己說要孤注一擲。對，我要孤注一擲。即使失敗了，我也要抓住這個最後的機會……亮光彷彿閃現在眼前，寒風又吹來，蠟燭的光搖動了幾下，每個人的影子也跟著晃動，如水中的倒影。公主和侍衛的影子合而為一，女巫的影子緊緊盯著我的影子，張牙舞爪，磨拳擦掌。「好的，我要走了，我要離開這裡。」我對每個人說，說最後告別的話。基本的告別的禮儀我還是懂得的，畢竟做過王子。

公主驚了一跳，她以為我早就走了，早就離開這裡了，所以她才在侍衛的懷抱裡平靜的休息……公主的臉紅了，掙脫侍衛的懷抱，似乎要說挽留的話，她的嘴張了張，卻

5

什麼也沒有。侍衛也因為公主掙脫了自己，向我投出怨恨的目光，他在心裡罵著我，我明白。「您真的要走了嗎？您真的答應要跟我走了嗎？王子。是真的嗎？」女巫急切的問著，臉露喜色，嘴唇更加紅豔，像飢餓的猴子看著馬上就要到手的桃子。

「對，我要跟妳走。我要跟女巫走。」我甚至走到女巫面前，用手抬起她的頭，摸了一下她溝壑一般的臉。我低下頭，吻了吻她紅豔血腥的嘴唇。忍著厭惡，胃中有很多東西向上翻滾著，我竭力裝出十分平靜的樣子，甚至還帶著喜悅，新生的喜悅。公主看著這一切，臉又紅了，也許想起了過去的生活，想起了我曾經給過她的吻。一個本來屬於她，而現在給了女巫的吻。心又開始疼痛起來。我很快活的說著自己的高見。「既然一切都是註定的，不可改變的，我為什麼不嘗試著享受過程。生活是個夢，一個惡夢。是的，一個惡夢……可是，在惡夢中，為什麼不學著享受體驗快樂？惡夢的快樂。哲人說，生活如果註定是一個無法逃避的強姦，那為什麼不試著享受被強姦的快感。這是幸福之道，不是嗎？」女巫哈哈大笑，刺耳的哈哈大笑，侍衛彷彿一下子找到了知音，他用手指著我，笑得說不出話，他只好拍了好幾下大腿。公主的身子卻震動了一下，她皺起了眉頭，不過，沒有人注意，大家都在歡慶新生活。

「不過，在走之前，」我看了一下女巫，女巫和侍衛相互看了一眼。我要提條件，他們也知道。我頓了頓，繼續說著。「我需要到我房間帶走一些衣服，帶走一些紀念品。我需要這些東西，沒有這些東西，我就無法離開。您知道，我親愛的女巫王。」我又用手摸了摸女巫可怕的、深溝一般的臉。侍衛和女巫哈哈大笑，女巫抓住我的手親吻個不停。公主在做什麼，我已經不去注意了……「女巫王。我需要去我房間帶一些紀念品，一些能讓我回憶的紀念品……還有，我無法穿這件破舊的大衣到一個新地方，開始新生活。我要讓自己體面的離開。（如果您愛我。您會尊重我的意見。給我尊嚴的。）」女巫和侍衛又相互看了一眼，很狐疑。「放心，這一切都是屬於您的，世界都在您手裡掌控著，不是嗎？女巫王，我怎麼能逃走呢？我怎能逃離您的手掌心呢？再說，我為什麼要重新回到那惡夢般的生活中呢？我為什麼不願意和您開始新的生活呢？我為什麼不願意做您忠實的奴僕呢？因為您可以帶給我美夢、春夢、好夢，不是嗎？……只是我現在需要回自己的房間。拿一些衣服，和一些東西告別一下。住了這麼多年，我們已有很深的感情，我需要告別一下，不然，我幾乎無法開始自己新的生活，我會拒絕的，用自己的鮮血和生命……」

女巫一直盯著我的眼，看著我的表情，像個狡猾的狐狸。侍衛也滿臉懷疑的看著我。公主則背過身子，看著蠟燭的燈光，那裡有飛蛾不斷的撲在火裡面，把自己燒得粉

5

身碎骨，可仍不斷有新的飛蛾重複著。

「好呀，為什麼不同意王子的要求呢？十分合理的要求……不然，我們就顯得太不仁慈，太不人道了，不是嗎？王子，你去吧，只是不要太拖拉，我會著急的。」她向我拋了個媚眼。我衝動的抓起她的手，又深情的吻她帶血的嘴唇，第二次吻，甜蜜的吻……公主似乎更加痛苦，她也許記起了，我曾給過她的第二個吻，之後就是我們歡快的舞蹈，盛大的婚禮……

我伸手和侍衛告別。「祝你幸福。」我誠懇的說，彷彿我們是多年朋友的告別。「也祝你幸福。」侍衛向我調皮的眨著眼睛，眼光不懷好意的看著女巫，我們同時哈哈大笑，女巫的臉甚至不好意思的紅了。我們都要做新婚的新郎，相同的身分一下子把我們拉得很近。「會的。我會很幸福的。」我微笑著看著侍衛，彷彿看到了幸福在前方正向我招手。公主的肩膀抖個不住，也許，她在懷念過去的日子……空氣中有肉被烤熟後的焦臭味，我想起了那些被蠟燭焚化的飛蛾們……

我終於向自己房間的門走去。一陣寒風吹來，蠟燭又擺了擺，掙扎了幾下，終於熄滅了，黑暗籠罩了整個世界。也許，黑暗才是世界的本質，而這樣的黑暗正適合做夢，快活或者悲哀的夢……我飛快的走著，黑暗中，我聽到有人幽幽的嘆了口氣，不知道是誰在嘆氣，也不知道為了什麼而嘆氣……

我無暇顧及，大步流星的走到自己的房間，關上門，大口喘著氣，心這才咚咚狂跳不止。忽然，胃中有什麼東西要噴出來。想起了女巫紅豔，剛喝了血般的嘴唇，我用手緊緊的捂著嘴，才壓了下去，就要噴出來的汁液。又用衣服狠狠的擦著自己的嘴唇，幾乎磨出血來……我的淚終於屈辱的流出，我知道自己不能大聲哭，開始無聲的嗚咽。

抽掉閘門，河水奔湧而出……我已明白，我已完全喪失所有，一無所有，只有孤獨和寂寞，還有恐懼，和疼痛。可又有什麼辦法，也許，如先知所言，那是我的命運，無可逃避的命運……江水流淌了一會，似乎輕鬆一點，雖然心中的大石頭還重重的壓在心頭，雖然我付出了很大的代價，幾乎可以說出賣了自己，但我畢竟贏得了時間，贏得了最後的機會，孤注一擲的機會。是的，我要逃離，我要從女巫的手掌心中逃走，我要很好的利用這最後，孤注一擲的機會。無論結果如何，我都不會感到遺憾，我已經盡了自己最大的機會……

擦乾眼淚，握緊拳頭，鼓勵的拍著自己的肩膀。我微笑了，我也有自己的武器，甚至女巫也不知道的武器。我向衣櫃走去，期間膝蓋又被什麼狠狠撞了一下。我揉著發疼的膝蓋，勉強走到衣櫃那裡，習慣性的，我摸了一下頭髮，希望看到穿衣鏡中的樣子。

5

穿衣鏡沒有了，原本放鏡子的地方，現在只看見一堆雜亂堆放的衣物，我這才想起，穿衣鏡早已不見了。我還是微笑著，想像的對著鏡子中的自己微笑一下，眼睛裡星星閃閃……沒有時間了，扒開那些雜亂的衣服……燕尾服、馬褲、禮服、襯衫……在這些衣服的最下面，藏著一把手槍，那是很久以前我藏在那裡，預防強盜用的，甚至連公主都不知道。摸著冰冷的傢伙，我的信心加強了很多。

我記得很清楚，床下面還有個暗道，這也是預防強盜用的，我無意在床下找東西時發現的，甚至連公主也不知道，正可以用來逃走……趴在床下面，我摸索著，果然摸到一個機關。我用力的拽開它，地下通道打開了，有一段黑黑的路，僅容一個人爬行，直通屋外的世界。我看了看那黑黑門洞，那裡什麼也看不清，也不知道下面有什麼古怪的東西等著我，也不知道女巫是否知道熟知這一切。心中充滿恐懼……我回頭看了一下熟悉的房間，熟悉的一切，我打開機關，跳下去，但有什麼東西在看著我。我吃驚的回頭，無頭的布娃娃傷感的看著我，那個沒有眼珠的眼睛空洞的盯著我，另一隻眼睛顧盼留戀。它嘴角撇了一下，我想，它也許要哭吧。忍不住，我上去，走到它身邊，抱著它，這個古怪的布娃娃。帶著它，爬到機關口，敏捷的跳進去，再把機關很好的蓋住。

黑漆漆的世界，伸手不見五指，這正是做夢的好地方，或者這就是夢境。我希望這是在夢境中的旅程，我希望夢過去後，自己還能平安的醒來……我用雙手摸索著牆壁，艱難的前行，心中充滿了恐懼，我不知道前方等待我的是什麼。是一雙毛茸茸的手？是一個光滑冰冷的肌膚？是沒有血肉的骷髏……在這個恐怖、黑暗的世界裡，發生血腥、恐怖的凶殺事件，也太正常了。如果什麼也沒有發生，倒顯得不太正常……女巫恐怖、空洞的笑聲一直在我耳邊迴盪……我不知道它存在我的想像中，還是真實在我耳邊飄遊。正如我不知道自己真的是在黑暗中前行，還是在夢中前行一樣……我只知道女巫會隨時出現，把我抓走，無論我逃到天涯海角，無論躲在何處，她都有那種能力。想到自己的命運，想到先知可怕的話，恐懼和寒冷就充滿我的身體，我唯一能做的就是，緊緊抱著那沒有身軀的布娃娃。我吻了吻它的冰冷的嘴唇，它也很害怕，我們相互安慰著……也許，女巫早就知道我想逃走的心思，她曾和侍衛意味深長的交換了一下眼神。也許，女巫只不過因為好玩，在和我玩一種貓和老鼠的遊戲。也許，她正用自己穿透一切的眼睛，透過水晶球，正很有興趣的看著我的逃亡。女巫和侍衛互相指點著、評論著我的一舉一動……

而這很可能就是事實，是唯一真實的東西……我忽然冒出很多的熱汗，把布娃娃抓得更緊……但我已經毫無選擇。我只能快走，緊張的前行。結果我不能考慮，考慮太

5

多，我就無法前行，甚至會退到女巫那裡，跪在她面前，請求饒恕……這是絕對不能做的……也就是說，我可以假裝很喜歡醜陋的女巫，我可以裝出很歡喜的樣子，我可以親吻她血紅的、噁心的嘴唇，兩次，但那有正當目的，為了自己孤注一擲的機會，孤注一擲的機會。但我絕對不能容忍，自己會為了少受點苦，而向女巫求饒，這是絕對不能容忍的事情。無論如何，做為王子，我有尊嚴，我有做人的尊嚴，我要向壓迫反抗，我要維護自己哪怕最小的自由，用自己全部的力量，流盡最後一滴血……女巫的笑聲更大，更加無可抵禦。我緊緊的抓著布娃娃，對它吻了又吻，心中的恐懼感更強。我加快腳步，懷著一種無可逃避的命運感，緊緊前行，對於每一種隨時都有可能出現的危險，我既充滿了預感，覺得難以抗拒，又希望自己能逃脫，僥倖逃脫……誰知道呢？也許，我有好運氣，上天保佑……

也不知道在那黑洞的世界中走了多長時間，我的腳早就發麻。腿也很痠痛。只是女巫的笑聲越來越遠，越來越小，終於消失不見，我長吁一口氣。前面已出現了一絲亮光，我加快了腳步，想逃離這一切的願望更加強烈，我希望這個惡夢早點消失，我希望見到太陽，周圍花香鳥語。我想在自由的空氣中奔跑，自由奔跑、跳躍、飛行，無拘無束……

近了，近了，更近了。八公尺，五公尺，三公尺，兩公尺……我奔跑起來，長久的壓抑，讓我迫不及待起來……女巫的笑聲卻致命的響起，那是一種狂笑、獰笑。一種飛機轟鳴的聲音在我身後炸開，比風的速度更快。笑聲追逐著我，如影相隨……我十分驚恐，只能飛速前進……我終於接近地道的出口，我的頭用力的頂開那壓著地洞口的大石板……我的頭終於探出地洞。我大口的吸著清涼的空氣，黑夜正濃，陽光正在睡夢中做著甜蜜的夢，樹林的小鳥也在媽媽溫暖的懷抱裡酣睡，這是個甜夢的世界。我陶醉在這個美麗的世界中，閉上了眼睛，不願再醒來……但很快，我的腳，被毛茸茸的東西抓住不放，我驚叫起來，不知道那是什麼怪物。我用腳拚命蹬它，它用一種模糊不清的聲音，發出勝利的叫聲。「嗚。嗚。嗚。」我更加驚恐，不知道那是什麼怪物，但必定無疑，它受命於女巫，要把我抓回。我拚命掙扎，它用力拽我的腿，想拖我沉入黑暗的洞穴……冷風吹著我的頭，我的力量卻越來越小，眼看著我就要身不由己的掉下地洞，我想起手中的布娃娃，就用它接觸那毛茸茸的物體。那物體以為是什麼東西，就接住撫摩那布娃娃。抓著我腿的、毛茸茸的物體，鬆開了，我急忙趁機把腿收走，一躍而出。

黑洞旁有一個大石頭，我用力搬著它，丟到黑洞裡，洞口恰好能盛下它。聽到石頭接觸怪物的聲音，它慘叫一聲，然後它們就一起下沉。我安撫著狂跳不止的心臟，顧不得歇息，把大石板重新壓在黑洞出口處，又吃力的搬起幾塊更大的石頭，壓在它上面。

這樣的活動，出了一身的汗。我不能休息，心裡很明白，女巫就在周圍，女巫就在附近。女巫是不會就這樣輕易放過我的，女巫要狠狠的報復我，把我抓回去，做她溫順的奴僕，這是女巫最大的願望，也是我一直要逃脫的命運。想一想，女巫掌管著世界的一切力量，而我弱小如雞，在危機四伏的森林中，根本不是女巫的對手。所以，我不能有絲毫的鬆懈，我必須不斷的逃亡，遠遠的離開女巫，這是我唯一能做的事情。

在逃亡的路上，我要大口的呼吸著，每一刻自由的空氣。對於我來說，每一刻，每一分，每一秒鐘，都那麼寶貴。這些時刻，意味著我是屬於我的，我也只屬於我自己，別人不能支配我，即使是世界之王——女巫，也不能支配我。因為，很明顯，女巫雖然有支配一切的能力，她擁有支配我的能力，但她卻沒有這樣的權利。在道德上，這是不允許的事情，而此刻，在奔跑中，我屬於我自己，我只屬於我自己。

我在寂寞的黑夜中奔跑，黑夜中什麼也看不見，星星完全從世界中消失了。樹林、鳥兒、動物、大自然中的一切的生靈，都消失不見了，這是個荒漠的世界，什麼生命也沒有，這完全是另一個地洞，另一個夢境。不過，這卻不是惡夢，而是一個自由的夢境，而自由，永遠是人類的追求，永恆的追求。

黑夜的風呼嘯的吹著我，吹著我的頭髮。我奔跑著，像個自由的精靈。我不辨路途，奔跑著，朝著前方奔跑著。對於我來說，方向是次要的，事實上，這個黑洞一樣的世界，也是沒有任何方向的，我只往前奔跑著……

對於我來說，奔跑是唯一真實的，也是我唯一要做的事情，其他的，女巫、公主、侍衛、毛茸茸的爪這些，都是另一個世界中的事物，那是夢境中的事。那裡的一切，值得遺忘。我忘記了一切，忘記了小公主一百年的睡眠，忘記了母親夢裡淒厲的恐怖的呼喊，忘記了先知的預言，忘記了王宮的生活，忘記了引導我進入森林的小鹿，忘記了花園裡像水盆一樣龐大的玫瑰花，紅得像血、紅得像寶石、紅得像珊瑚的玫瑰花。我忘記了花床上嬌小的小公主，我忘記了自己看到小公主時候的吃驚，我忘記了我看到公主第一眼時做的美夢，我忘記了我對公主的第一次親吻，我忘記了對公主的第二次親吻，我忘記了周圍響起的歡快音樂，我忘記了周圍湧現的動物和精靈們。我忘記了美麗的仙女送來的結婚賀禮，我忘記了我們幸福的舞蹈，我忘記了我們龐大的婚禮，我忘記了我們的婚禮少邀請了一個人，我忘記了我們沒有邀請可怖的女巫。所有人都忘記了我們被幸福沖昏了頭腦，我忘記了我們忘記了女巫是個睚眥必報的女魔頭，我忘記了我們忘記了女巫掌控著全世界最強大的魔力，我忘記了我們的結婚典禮，我忘記了我們對未來的

5

種種美好想像，我忘記了我們的朋友們對我們真誠的祝福。我忘記了我們的婚後生活變成了另外的一個惡夢，我忘記了我和公主開始的爭吵，我忘記了我們之間的互相指責、相互對抗，我忘記了侍衛是如何的介入我們的生活，我忘記了侍衛是如何在我和公主之間搬弄是非、挑撥離間，我忘記了我和公主之間夢魘的生活，我忘記了我是怎樣傷害公主，正如公主傷害我一樣。我忘記了我們的王宮是怎樣衰敗，我忘記了我們的花園王宮怎樣成了囚禁我們的牢房，我忘記了我是怎麼開始痛恨生活、痛恨公主、痛恨我自己。我忘記了侍衛是如何安慰公主，從而像狡猾的蛇一樣偷走公主嬌小的心。我忘記了我是如何察覺到公主的變心，我忘記了侍衛和公主如何制定計謀，我忘記他們為了預防我逃走而制訂的各種計畫，我忘記了公主是怎樣和女巫簽下協議，我忘記了她們就像瓜分殖民地一樣的瓜分我的命運。我忘記了對公主的安慰與公主的告別，我忘記了我狡猾的伎倆，我忘記了我怎樣親吻女巫兩次，我忘記了我是怎樣拿起手槍逃走，我忘記了我所經過的可怕的黑洞世界，我忘記了我是怎樣逃脫了女巫的手掌心。我忘記了惡夢一樣的生活，我忘記了惡夢一樣的世界，我忘記了惡夢一樣的女巫……不，那些都不重要，那些都不值得銘記，我在奔跑中回憶著那些往事，而這種回憶不是為了記錄，而是為了遺忘。遺忘那個虛假醜惡的世界，我扔掉過去的記憶，扔掉沉重的負擔，我扔掉不自由的生活，我變得輕鬆、輕盈起來。我喜歡自己的奔跑，我享受自己的奔跑，我享受此刻的自由生活，這種生活讓我真切的感受到了生命的偉大旺盛，感受到了生命的真諦。我奔跑，奔跑，永不停歇的奔跑。我喜歡奔跑，我熱愛奔跑，我享受奔跑，我讚美奔跑，我讚頌奔跑，我歌頌奔跑，我相擁奔跑，我享用奔跑，我歡迎奔跑，我快樂奔跑，我熱情奔跑，我真切的感覺到奔跑是我唯一能掌握自己，唯一真實的感覺自己存在的方式。我彷彿那些入定的老僧，在面壁思過五十年後，終於知道世界的真理。我彷彿那些為真理而獻身的異教徒，在我被綁在火刑架燒死的時刻，終於明白信仰強大的力量。我彷彿那些為了考察羅布泊天然地形地貌，而獻身的科學家，在乾渴脫水、陷入昏迷的瞬間，嘴角流露出的輕盈微笑。我彷彿那些攀登喜馬拉雅山最高峰，歷經千辛萬苦在實現夢想看到天邊升起一輪紅日時，卻被一陣最微小的輕風吹下高峰時，靈魂無所羈絆的輕盈，輕舞飛揚，輕鬆自在，輕歌曼舞，輕車熟路，輕而易舉，輕身重義，輕死重義，輕於鴻毛，重於泰山。奔跑，奔跑，永不停歇的奔跑。就像遷徙的鳥，就像蜿蜒的河流，就像奔騰的河流，就像呼嘯的大海。奔跑，奔跑，奔跑，唯一的奔跑，為奔跑而奔跑，快樂的奔跑，充實的奔跑，豐裕的奔跑，永恆的奔跑，永遠銘刻記憶深處的奔跑……風大聲的呼嘯著，吹走我身上的熱汗，吹動我的身體飄揚飛舞，我的身體與空氣，黑夜冰冷的空氣，完整的融合在一體。我是那麼的自由，完全的身心自由，自由飛翔，比飛更美好的感覺，彷彿我就是呼嘯的寒風，彷彿我就是黑沉的夜，彷彿我就是整個世界的化身，彷彿我就是這個夢境的化身……

我知道得很清楚，這也許是另一個夢，可我尊重自己真實的感覺，尊重自己自由飛翔的感覺，這是我唯一能把握到的，也是我唯一願意記憶的事情……

女巫肯定是要來的，女巫的力量無比強大，無可抗拒，沒有人能逃脫她的手掌心。女巫是世界之王，被她征服，成為她終生的奴隸，是我不可避免的命運。可是，我很感激自己的智慧、狡詐、計謀、陰險。付出了代價，我吻了她兩次，她醜陋得令人想起就要作嘔的嘴唇……但我畢竟獲得了自由，獲得了一種完全屬於我自己的自由，僅僅屬於我自己的自由。也許，這一刻只有一剎那的短暫，但對於我來說，這奔跑的一剎那，那自由呼吸的一剎那，那與世界、與寒風、與黑夜、與夢境，完全融為一體的一剎那，就是永恆。生命中永恆的感動，這一剎那的感覺。這種自由的感覺，它會永遠保存在我記憶最深處，在我成為女巫的奴隸，被女巫像猴子一樣驅來趕去的時候，被女巫肆意凌辱的時候，我知道，我曾在某一時刻，我擁有一個寶貴的東西。這個東西只屬於我，它讓我保持著高昂的頭，不屈的靈魂，它讓我真正成了王子，一個甚至連女巫也無法完全擁有、完全占有的王子……

我就這樣被想像的熱情，鼓勵著、安慰著。自由奔跑，完全忘記了時間，忘記了黑夜，忘記了世界，忘記了夢境，忘記了女巫，忘記了一切……我只有一個希望，希望有一種永生的精力，使我不要停下來，永遠不要停下來。我會在奔跑中死去，在奔跑中出生，在奔跑中輪迴，在奔跑中永恆……

我已經聽到了身後的腳步聲，那是女巫的，我能感覺到她惡臭的呼吸，但我無暇回顧，也無暇恐懼。我只感覺到自己是多麼幸福，幸福得只願死去，在這一刻中死去。在奔跑中死去……那將是多麼幸福的事情……我閉上眼，在奔跑中，大口的呼吸，享受著自己獨享的自由。我「噢噢噢噢……」的叫著，自由的叫著……女巫沉默著，聽著我的呼叫，大概是驚訝著我的歡喜。但我已經無暇顧及……

每一次的奔跑，每一次的抬腿，每一次的呼吸，每一次的呼喊，我的動作都在慢下來，我知道自己的精力正在減少。女巫在我身後的呼吸越來越重，越來越充滿了不可遏制的期待……我明白，自己的命運要就到來，這一刻到來得越近，我就越覺得幸福。我在幸福的顛峰，呼吸，奔跑……我只想哭泣……淚終於慢慢流了下來。

我知道，這一刻終於到來了，但我已經不再害怕，我只充滿了期待，這麼幸福……

趕快結束這一切，屈辱的日子趕快到來，做奴隸的時刻早點到來……極大的幸福……只能用最屈辱的奴役、最嚴厲的斥責、最痛苦的鞭打、最凶猛的蹂躪，才能更加襯托此刻幸福……最幸福的時刻我已經感覺到了，我已別無所求……我停下來。

前面有三個黑糊糊的身影，如燈塔一般。我停在那裡，看著它們，那是三個青銅塑像，年代久遠，不知道它們來自什麼年代。我觀看著它們，它們也觀看著我，把我圍在中間。我知道它們要和我說話的，我等待著，它們沉默著，我也沉默著……

冷風吹著，永不停息……不知道過了多久，它們之中最高的一個終於開口了。「你站住。」他說，聲音像破敗的老鐘。我沒有說話，只諷刺的看著它們，虛偽的表演，我早已經站在那裡。也許，它們是機器人吧！程式出了點差錯，讓它們晚開口了一段時間，充滿了喜劇效果。它們尷尬的等待著，我鄙夷的看著它們……

它們又等待了一段時間，我也等待著，它只好又開口。「你的證件呢？」我不做聲。我是王子，名字就是我最好的證件，但我何必和這些醜陋的傢伙說話。我繼續等待著，等待著它最致命，也最真實的話。

但它們都刻意的沉默著，彷彿它們根本不會說話，彷彿它們從來沒有說話的機能。不得不承認，這是做作而虛假的表演，充滿了鄙夷，充滿了荒謬與諷刺。我在心中暗暗發笑，我終於笑了起來，在天空的震動下，星星探出頭，它們點頭、閃爍、顫動，似乎在回應著我的笑。我身子發抖……我終於笑得精疲力竭，笑得肚疼，笑出了眼淚。我笑了很久，我不知道自己笑了多長時間，它們三個始終在那裡等待著，沉默的等待著，彷彿年代久遠的大樹，冷漠的看著世間滄桑，對於我做作而虛假的表演，充滿了鄙夷，充滿了荒謬與諷刺……世界又靜止了，這是做夢的好時候……

「舉起手來。」很長時間後，它終於說道。它和它的同伴們都從口袋裡，掏出槍。我忽然想起，我自己也是有槍的。我也從口袋中掏出槍，我的槍對著它們，它們的槍對著我，我們相互注視著，誰都不敢冒然先開槍……

「你的槍是假的。是玩具手槍。」青銅塑像突然說。聲音很空洞，如陳舊的機器一般。這本來是很好笑的事情，可青銅塑像卻缺乏幽默感，似乎連笑也不會了。我笑了一笑，低頭看自己的手槍，果然，它只是一個慘白的玩具手槍。我扳了一下扳機。卻只發出了很小的聲音，連煙都不冒一下，更不用說奪去性命的子彈了。這是個奇怪的世界，什麼事情都會發生。一定在什麼時候，我的真槍被換成這個破舊的玩具手槍，但在什麼時候，這是永遠說不清楚的事情。我保持著沉默，等待著青銅塑像的下一句話，不知道又要等待多長時間……

但青銅塑像卻沒有讓我等很長時間，只一刻，它說：「我們走吧。」這個最大的青銅塑像就幻成女巫的面容，那兩個小的青銅塑像變成女巫手中巨型拐杖上的兩條巨蟒，吐著血紅的舌頭，女巫還穿著那件已染成黑色的白袍。與我猜測的一樣，青銅塑像果然與她們是一體的。我很明白，這只是女巫製造的陰謀，一個早就策劃好的陰謀。女巫看著我，用蛇杖對我的眼睛點了點，我覺得很累，我扔掉了虛假的玩具手槍。

「乖，你怎麼一個人跑到這裡？這裡很黑，有很多醜陋的鬼怪。你不該離開你的房間，這是不好的。你不該跑得那麼快，出了那麼多汗，冷風吹了，你又要生病的。趕緊回去吧！公主正在舉辦舞會，他們正要舉辦一個盛大的婚禮，需要你參加，你看。」女巫在空的手中搖了搖，她手中出現一個水晶球，從那裡，可以看到金碧輝煌的大廳，公主和侍衛正在舉辦舞會。他們歡快的跳著舞蹈，侍衛忍不住吻了吻美麗的公主，公主把頭埋在侍衛的懷裡，眉頭似乎皺了一下……在他們周圍，還有奇異的鳥、森林裡快活的動物、藍色的精靈、美麗的仙女，他們都在盛大的舞會中跳舞。世界在狂歡中顫慄，而公主和侍衛則是快樂的源頭，幸福的中心……我看著，眼睛昏沉起來，我想起了另一個香甜的美夢。在那個夢中，我和公主在跳舞，我忍不住吻了一下公主，公主羞怯的把頭埋在我的懷裡，世界在我們周圍旋轉……我分不清楚這兩個不同的畫面，哪個更真實、更美麗，哪個更虛假、更骯髒。……我的頭也暈沉起來……

「你這麼瘦，乖，需要好好休息。放心吧，等你身體好了，我們也要舉辦舞會，比他們更盛大的舞會，我們也要在一起跳舞，快活的舞蹈，好不好？你也吻著我，就像吻公主一樣，好不好？」女巫繼續誘惑我。我彷彿看到我正和女巫在跳舞。我忍不住吻了吻公主，不，女巫，不不不，或者是公主。但我實在記不清了，也許是女巫，她紅豔、血腥的唇……有什麼東西在往上湧，但我頭越來越昏沉，全身越來越無力……

「乖，你這麼瘦，你想吃糖吧？喏，這是世界上最好吃的糖，別人永遠都吃不到，我也不給他們吃，我只給你一人吃。但你要乖，要聽話，不然我就不疼你，不理你了。永遠不理你，不和你玩。」想到將永遠沒有人理我，我似乎很難過，我害怕起來……女巫拿出一顆仙人掌似的糖，放在我的嘴邊，仙人掌上的刺發出芳香的味道。我的肚子忽然叫了起來。我想起來，我已經很久沒有吃東西了。女巫看著我，眼神裡滿是期待、慈愛。我接過了糖果，但仙人掌的刺卻扎了我一下，我叫了一下，血冒出來了。忽然耳邊湧現一個聲音，不要吃，千萬不要吃，吃過糖後，就把什麼都忘掉了。你要奔跑，不要忘記你曾奔跑過，快活的奔跑過。你要奔跑，繼續奔跑，永不停止的奔跑……我想站起來，全身無力，我只動了動，連身子都沒移動，就像患了軟骨病……我厭惡起來，想扔掉那可怕的，仙人掌糖。

女巫笑了笑，她乾癟的手摸了摸我的頭髮。「乖，快把糖吃了吧。吃了糖，我們就回家。你要好好睡覺，然後我們就要舉辦世界上最隆重的婚禮，邀請世界上所有的精靈鬼怪都來參加，好不好？王子，你說，那該多幸福呀！」我彷彿看見了自己正在幸福的跳舞，心中很甜蜜，就如過去曾經有過的甜蜜……我點了點頭，女巫滿意的笑了，我的頭變得更加沉重。「乖，你睏了吧？現在我們要回家，我們回家睡覺去。但，你要先把糖果吃了，我們回家，好不好？聽話，不吃糖，你怎麼能胖起來呢？」

她的話很有道理，我的頭腦已經很不清晰了。我接過糖果，放到嘴邊，刺扎了一下我的嘴，鹹鹹的液體湧出。遲疑了一下，但我還是一口一口把糖吃了……味道很好……我從沒吃過這麼好吃的糖果……我的腦袋已經漿糊般纏攪在一起，很多事情也在慢慢的遺忘……我的頭不中斷點著，彷彿馬上就要進入夢鄉，這是個美好的世界……突然，刺耳的笑聲又在響起，我睜開眼，似乎是女巫在狂笑。我不明白她為什麼這麼歡喜，但我腦袋無力的點著，忘記了開口問……女巫用蛇杖在前面，牽著我走，我溫順的跟著，幾乎走著，就要進入夢鄉。

遠處漸漸出現了城市、建築、商鋪、房屋……我跟著女巫走著，溫順得像個孩子，又彷彿在夢遊……昏沉的夜……在街道拐角處的電線桿上，綁著一個沒有身軀的布娃娃。它有一隻美麗的黑眼睛，另一隻眼睛被老鼠拉走了，只赤裸露著骯髒的棉花團和棉花套子。我站住了，它望著我，我也望著它，我似乎對它很熟悉，卻想不起曾在哪裡見過它。

慢慢的，布娃娃的雙眼充滿了淚水，憂傷的淚水，甚至連它那沒有眼珠的眼睛，也掛滿了淚水，悲哀的淚水。

我很驚訝，心被什麼重重的擊了一下。我明白這裡面一定有什麼寓意，這淚水中一定包含很多東西，一種我似乎熟悉，似乎明白，卻又很陌生，忘記了的東西……但我卻無暇想這些問題，我太睏了，我要睡覺。

「乖，到了睡覺的時間。不睡覺，你怎麼能胖起來？等一下，你還要吃糖，不吃糖你怎麼能胖起來呢？」一個溫柔的聲音在我耳邊迴響。「乖，你看，這是多美的世界，花香鳥語，陽光普照大地。」聲音越來越遠，越來越呢喃……

我果然覺得暖洋洋的太陽照在我身上，周圍是悅耳動聽的鳥叫聲，花的香氣也撲鼻而來……我忍不住打了個哈欠，伸了個懶腰，多麼美好的世界呀！這是個夢的世界，美夢、好夢、春夢、惡夢……

5

「多美呀，不是嗎？乖，趕快睡吧。醒來後，我們還要舉辦舞會，盛大的舞會……」

聲音越來越輕，終於消失不見……

我閉上眼睛，沉入夢鄉，我開始聽到一個熟悉的聲音。「嗒嗒嗒嗒……」我彷彿看到了盛大的舞會，我和一個面容模糊的人在歡快的跳舞……陽光照在身上，花香鳥語……

「這是個多麼美好的世界。」……

但已分不清身在何處。我想，多麼美好的世界呀……

電子書購買

國家圖書館出版品預行編目資料

給大人看的非主流童話 / 劉紅卿著 . -- 第一版 .
-- 臺北市 : 崧燁文化事業有限公司 , 2022.05
面； 公分
POD 版
ISBN 978-626-332-347-6(平裝)
857.63 111006118

給大人看的非主流童話

臉書

作　　者：劉紅卿
發 行 人：黃振庭
出 版 者：崧燁文化事業有限公司
發 行 者：崧燁文化事業有限公司
E-mail：sonbookservice@gmail.com
粉 絲 頁：https://www.facebook.com/sonbookss/
網　　址：https://sonbook.net/
地　　址：台北市中正區重慶南路一段六十一號八樓 815 室
Rm. 815, 8F., No.61, Sec. 1, Chongqing S. Rd., Zhongzheng Dist., Taipei City 100, Taiwan
電　　話：(02)2370-3310　　**傳　　真**：(02) 2388-1990
印　　刷：京峯彩色印刷有限公司（京峰數位）
律師顧問：廣華律師事務所 張珮琦律師

定　　價： 360 元
發行日期： 2022 年 05 月第一版
◎本書以 POD 印製